El orden natural de las cosas y otros cuentos

Segunda edición

ARS
COMMUNIS
EDITORIAL

El orden natural de las cosas
y otros cuentos

Segunda edición

Fernando Olszanski

Segundo Premio
International Book Award 2011
Best Popular Fiction

COMMUNIS
COLECCIÓN RIOLAGO

El orden natural de las cosas
y otros cuentos

Fernando Olszanski

ISBN 13 978-0997289060
ISBN 10 0997289066

Library of Congress Control Number: 2018906398

ÍNDICE

A Walter, mi hermano

Mosqueteros

Emilio está borracho otra vez. Los brazos extendidos sobre la mesa, la cabeza pendiendo sobre uno de los hombros. Los ojos desorbitados miran hacia una dirección perdida, pero en realidad no miran nada. Al menos nada en tiempo presente, estoy seguro de que miran el pasado. Él dice que no recuerda. Sé que no quiere recordar, por eso, yo recuerdo por él. Sin ser su conciencia, sin ser el que le reprocha lo que pasó alguna vez. Tan sólo recuerdo con el simple objeto de que su historia no se pierda. Los hechos que marcan a los hombres no deberían perderse.

Mintió a su padre sobre una beca en Estados Unidos, de otra manera, nunca hubiera podido dejar Veracruz. En realidad, un amigo en Chicago le prestó el dinero para cruzar la frontera. La cantidad exacta para llegar a Nogales y contratar un coyote que lo llevara a su destino. No fue difícil encontrar uno, había demasiados ofreciendo servicios. Un hombre lo convenció de su experiencia y de su aura de invisibilidad frente a los oficiales del *Border Patrol*. Acordaron encontrarse a la mañana siguiente, le encargó que trajera agua y comida para dos días, el tiempo necesario para llegar al lado.

Pasó la noche, por recomendación del coyote, en un hospedaje de la periferia. Un recinto frecuentado por prostitutas, contrabandistas y gringos y mejicanos legales que cruzaban la frontera para tener una noche de diversión larga y barata. No pudo dormir, un poco por la tensión, otro poco por el ruido. Bajó al bar y pidió una botella de tequila para llevarse con él. En el camino a la habitación, una mujer lo invitó a gastarse unos pesos en ella. Se negó de la mejor manera que pudo, estaba seguro de que los nervios le harían pasar vergüenza.

Al otro día, con los suministros necesarios para dos jornadas, agua, frutas, tortillas y algunas cosas para llenarlas, esperó al coyote en el punto convenido. A la hora exacta del encuentro, una camioneta pasó por él. Apretadas y paradas en la parte trasera del vehículo, iban otras veinte personas. Todas con la misma cara de susto que Emilio, el susto que arrastra la esperanza y la incertidumbre. Todos en silencio, todos con los ojos bien abiertos, todos con el miedo a lo desconocido. La camioneta tomó un camino secundario, y los vaivenes se dibujaban en el balanceo de los pasajeros.

A la hora de viaje el vehículo se detuvo. Una voz los instó a bajar, deprisa y en silencio. La misma voz los reunió en un círculo.

—...si los coge La Migra, vuelven al mismo lugar. Al otro día volveremos a cruzar. Recuerden que yo doy las órdenes, el que no las cumpla, se queda en el camino —la voz mostró un revólver que los brillos del desierto mostraron negro y sugestivo.

No era la misma persona que Emilio había contratado. La voz era mucho más joven, sonaba arrogante y alucinada. Se preguntó si había equivocado el grupo, pero la hora y el lugar de encuentro fueron los indicados. Asumió que había habido un cambio de última hora. Lo tomó como un presagio, algo que empezaba con un giro inesperado.

Caminaron unos quinientos metros hasta una casucha de mala muerte. Las veinte personas, más el joven coyote y otro grupo que servía de apoyo, esperaron hasta el anochecer. Cuando las luces del día disminuyeron, el grupo de apoyo se marchó en silencio y con las luces del vehículo apagadas. Conocían el camino a la perfección de tanto haberlo transitado.

Las veinte personas y el joven coyote, marcharon en fila india y en silencio. La frontera no se hallaba más que a pocos cientos de metros.

Se tentó varias veces de preguntar si ya habían cruzado la frontera, pero recordó la mala predisposición del guía. Se imaginó que algunas de las acequias que habían pasado eran las usadas como límite entre los países. Se imaginó también que el aire que en ése momento respiraba le sabía diferente, no podía explicar el por qué, pero estaba seguro de que la diferencia existía.

La noche del desierto fue fría. Los miembros del grupo caminaron encogidos y tiesos al mismo tiempo. Todos esperaban el amanecer y con él, el sol que calentaría los cuerpos y los espíritus. Ese mismo sol que después de unas pocas horas calcinaría el suelo que pisaban.

Hubo pocas palabras entre los miembros del grupo. Algunos comentarios aislados que siempre eran mal mirados por el líder. Le parecieron extrañas a Emilio las sucesivas detenciones. El coyote tomaba su tiempo para recorrer los alrededores mientras el grupo descansaba.

El día pasó lento. El sol inclemente hacía pedir por la noche. Los dos extremos se mostraban demasiado alejados uno de otro. Hacían de la caminata un suplicio que modificaba los estados de ánimo, y hacía aparecer arrepentimientos prematuros.

La noche llegó y encontró al grupo descansando en una quebrada. Hacía frío, pero al menos el viento no les molestaba. No tuvieron la dicha de un fuego reparador, la luz atraería a las autoridades, recordó el coyote. A pesar de la baja temperatura, pudieron dormir por el cansancio de la jornada. Todos juntos, haciendo un bloque, mantenían el calor de los cuerpos. El despertar los sorprendió con el espléndido amanecer sobre el desierto, la suma de colores y tonos le daba un matiz de paraíso, una bocanada de esperanza, un drama sin contornos de la vida fugaz y etérea.

Deberían haber llegado a destino al mediodía, pero según el coyote, tuvieron que evadir controles y pasarían una noche más en el desierto. La comida y el agua eran sólo para dos días, a la mayoría se le empezaban a acabar los suministros.

El camino pasaba por varios desfiladeros, todos rocosos, todos sugerían cuidado. En esos momentos, cuando se mezclan la tensión, el cansancio y los nervios, siempre pasa lo inesperado. Una mujer cayó rompiéndose una pierna. La ayudaron como pudieron, pero medicamentos no había; agua y comida, escaseaban, y la paciencia iba desapareciendo.

Entre los hombres se fueron turnando para cargar a la mujer. Veinte minutos cada uno. Agradecían que fuera delgada y eso facilitaba la tarea.

Finalmente, al atardecer, el coyote reconoció estar perdido. Urgió al grupo a permanecer unido y a seguir obedeciendo porque el destino estaba cerca, sólo debían esperar un poco más. Era lógico que aparecieran fricciones. Algunos querían entregarse y ser devueltos a Nogales. Otros pedían un poco más de tiempo. Ninguno de los dos grupos escuchaba al otro. Tampoco escuchaban los lamentos de la mujer y su pierna rota.

Decidieron esperar. No hubo qué cenar, los últimos sorbos de agua se repartieron con la tapa de los envases. La noche fue larga, nadie durmió. Los sollozos de la herida llenaban el silencio del desierto. Su pierna cambió a un color oscuro, su tamaño había crecido considerablemente. Algunos trataban de consolarla, otros, empezaban a ignorarla. Al otro día ya fueron menos los voluntarios para cargarla, ahora se turnaban cada dos horas, eso implicaba retrasarse y ganar el mal humor de casi todos.

Las cosas empeoraron al anochecer. Hambrientos y

cansados empezaron a reprochar a los cuatro vientos. El coyote tuvo que mostrar un par de veces su revólver para calmar los ánimos. La mujer seguía sufriendo y alterando los pocos momentos de paz que existían. Por decisión de la mayoría, la dejaron unos cien metros alejada del resto. Al menos así, algunos podrían conciliar el sueño.

Emilio se quedó con ella. Un poco por piedad, otro poco por miedo. Le habló cosas tiernas, le acariciaba los cabellos, pero nada podía consolarla.

Al despertarse, se dio cuenta que los demás se habían ido. Sólo estaban él, la mujer herida y el inmenso desierto. En el cielo vacío de nubes, revoloteaban negras siluetas.

La cargó cuanto pudo, sus fuerzan iban mermando con el hambre, la sed, el calor y el cansancio. Le hablaba continuamente, trataba de que se sintiera mejor y que no sufriera tanto. A veces, no se daba cuenta de que ella se había desmayado desde hacía un largo rato.

Pasaron dos días más. Emilio empezaba a pensar en su propia muerte. Se vio a sí mismo tendido en la aridez del desierto de Arizona, tal vez como alimento de carroñeros. Sólo podía pensar en su familia, que nunca se enteraría de lo sucedido; en su cadáver descompuesto a la intemperie, devorado, destruido, corrupto.

Se sentó a descansar y ver si algo o alguien podía salvarlos. La vastedad era una respuesta silenciosa, cruel, demoledora. Preparó fuego para pasar una noche no tan fría como las anteriores. Poco le importaba a esas alturas el hecho de ser descubierto. Los reflejos del fuego se extendían por los rasgos de los cuerpos, demacraban aún más las hondas cicatrices del mal momento. Los dolores y las quejas volvían repentinamente, y se marchaban por escasos momentos de lucidez.

Nunca supe en realidad cómo llegó a Chicago. Era evidente que se había salvado y empezado una nueva vida de la mano de sus amigos. Todos coinciden que algo cambió en su mirada, nadie sabe qué, pero el cambio era más que notorio. Pareciera que sólo cuando se emborracha recupera algo de su antigua alegría, pero claro, se oscurece tan pronto como los recuerdos llegan.

Todavía Emilio permanece tendido al borde de la mesa. La cabeza sobre uno de los hombros, los brazos extendidos al infinito. El día que Emilio me contó su historia, me hizo recordar una secuencia del libro de Los Tres Mosqueteros, cuando Athos, completamente borracho, le confiesa a D'artagnan su trágica historia de amor.

Yo, al igual que D'artagnan, nunca confesaré haber escuchado esa historia. Alegaré haber estado borracho y con eso cubriré cualquier sospecha sobre su verdad. Seré un mosquetero y guardaré su secreto hasta el día que la parca me lleve. En ese momento sabré que Emilio finalmente encontró la paz del espíritu perdida en el desierto.

Entiendo por qué Emilio no quiere recordar. Porque cada vez que recuerda, repite los mismos pasos que dio en el desierto. Si hasta cuando está borracho, solo, en un rincón, y piensa que nadie lo ve, junta los índices y los pulgares y hace un círculo con los dedos. El mismo círculo con que circundó el cuello de aquella mujer. Delicadamente, pidiéndole perdón a la mujer, a Dios, al desierto. Apretó con las fuerzas que ya le estaban abandonado. Con lágrimas que escapaban de sus ojos y caían en los ojos de la mujer, que no entendía el por qué.

Por eso Emilio no quiere recordar, yo lo entiendo. Por eso yo recuerdo por él, para que su historia no se pierda. Los hechos que marcan a los hombres no deberían perderse jamás.

Nieve lenta

La nieve cubre todo. Es mucha la nieve que cae sobre la ciudad, que los grises, los ocres y los demás colores desteñidos del invierno se han convertido en blanco. Una de las pocas veces que la ciudad se viste de uniforme.

Es tan lenta la caída de la nieve que parece que no cayera, sino que estuviera suspendida en el aire. Los copos semejan detenerse y luego caen sobre los hombros de Roberto que, pasmado, abre la boca como si deseara absorber todos los copos en ella.

Roberto piensa que es un espectáculo ver caer la nieve. Los transeúntes, al contrario, creen que el espectáculo lo está dando él. Vestido casi sin abrigo, un gorro de lana donde se le pierde la cabeza, hombros llenos de nieve, brazos cruzados tratando de ahuyentar el frío, y esa boca abierta que pretende tragar todos los copos del alrededor.

Llegó a esa esquina casi por accidente, siguiendo los caprichos de la nevada. Es que camina sin saber a dónde ir. Roberto, en realidad, no tiene a dónde ir. Pero eso es lo que menos le preocupa.

Se hubiese quedado horas viendo caer la nieve en esa esquina, pero hubo algo que lo distrajo. Algo que lo perturbó. Algo que se interpuso entre la maravilla de la nieve cayendo y los ojos que se agrandaban para asimilarla.

Alguien caminaba por la vereda de enfrente, un peculiar modo de moverse. Un modo de andar que Roberto no olvidaría jamás.

Se resistió durante algunos minutos. Pero al ver que lo arrestaba la policía y no los agentes de inmigración, se dejó atrapar sin más forcejeos. No era lo mismo la cárcel que la deportación. El problema era que no entendía de qué lo acusaban; después de todo, no había hecho nada. Nada que él considerara un crimen.

Marta, su *compañera*, lo había denunciado como golpeador de mujeres.

Tuvo la mala suerte de caer en el juzgado del Honorable Juez Casey: moralista, protestante y duro en las sentencias con los golpeadores de mujeres, en especial si estos son hispanos ilegales.

—Pero si solo la empujé —gritó Roberto en español, ante el juez.

—¡Cállate güey! —ordenó uno de los policías, el único que hablaba algo de español.

Lo que para Roberto fue un empujón, para Marta había sido un golpe. El fiscal lo consideró una golpiza, y para el Honorable Juez Casey, moralista, protestante y duro en las sentencias con los golpeadores de mujeres, en especial si estos son hispanos ilegales, el asunto pasó a ser un intento de homicidio.

El abogado de oficio le consiguió, en un acuerdo extraordinario, tan sólo dos meses en la cárcel de la ciudad. Mucho menos de lo que el fiscal pedía, muy alejado de lo que el Honorable Juez Casey deseaba.

—¡Pinche vieja! —gritó Roberto al pasar cerca de Marta, mientras era contenido por dos oficiales.

Roberto vio suspirar a Marta sin saber por qué lo hacía.

En las cárceles de los Estados Unidos, los presos se dividen por razas. Los blancos por un lado, los negros por otro y los latinos por ahí. Pero eso después del papeleo, de la revisión y de la catalogación de cada uno. Durante los primeros días, sin embargo, todos los prisioneros comparten una celda común. También las ansias y los problemas. Los espacios son reducidos y todo depende de los puntos de vista, algo que Roberto no sabía. Al espacio hay que ganárselo de cualquier manera.

—*I want your shoes.*

—¿Qué dices? Yo no hablo inglés.

—*I want your shoes.*

El hombre de color señaló con el dedo índice los zapatos de Roberto.

Roberto vio que el hombre de color le llevaba media cabeza de altura. Lo que no vio, fue el golpe que le llegó por sorpresa. La pelea resultó despareja al principio, pero Roberto se las arregló para aguantar hasta que los guardias llegaron con sus bastones. Un par de golpes en las costillas aplacaron los ánimos de los contrincantes. Los guardias se llevaron al hombre de color a otra celda.

Durante la pelea nadie intervino. Esas cosas sirven para medir a los prisioneros, para saber si las tienen bien puestas o si sólo son corderos que siguen al rebaño. Nadie se acercó a Roberto ese día, quedó un tanto inmovilizado por los golpes en las costillas y un hematoma que lentamente aparecía en su ojo derecho. Deseó tener algo de hielo para detener la hinchazón.

Al otro día, en la gigantesca sala del comedor, se dio cuenta que la cantidad de personas en su misma situación era incalculable. No se sintió tan mal entonces. Empezó a caminar algo más erguido y a mostrar con orgullo tímido el moretón de su ojo. Todo empezó a parecerle mejor, casi todo.

Una voz conocida sonó a su espalda. Una voz a la que no se quería acostumbrar.

—*I want your shoes.*

Esta vez no esperó a ver llegar el golpe.

Y volvieron a pelear con el hombre de color que le llevaba media cabeza. La comida desparramada en el piso, los gritos festivos de unos y los insultos de otros llamaron la atención de todo el mundo. Llegaron otra vez los guardias con sus bastones y llegaron también los golpes en las costillas. Otra vez se llevaron al hombre de color, y ésa fue la última vez que lo vio.

Sosteniéndose con dolor, juntó los restos de comida del piso.

Un grupo de hispanos le hizo señas para se sentara con ellos. Sin darse cuenta, sin proponérselo, se había ganado un espacio.

Al otro día lo enviaron a un pabellón donde todos eran hispanos. Gente en las mismas condiciones, o peor. Ladrones, traficantes, algunos asesinos. Formaban una comunidad que funcionaba casi a la perfección. Nada estaba librado al azar.

Hizo algunos amigos, algunos no tan convenientes, diría su madre. De ellos aprendió muchas cosas. A hablar con las manos, a sobrevivir como un ilegal en un país extraño, a comprender códigos que antes no conocía, a establecer negocios que no siempre estaban bien vistos pero que eran extremadamente redituables.

De vez en cuando, pensaba en Marta; un recuerdo lejano que se acercaba cuando las cosas no iban como él quería.

Conoció a Marta al llegar a Chicago. Trabajaban en el mismo restaurante; él en la cocina, ella en el mostrador. Al tiempo, Roberto consiguió algo mejor y se fue. De esa manera se sintió libre de invitarla a salir. Al mes ya vivían juntos. No era una estricta cuestión de amor, sino también de economía. Ambos enviaban dinero a sus familias y ahorraban para sus proyectos personales, proyectos que no eran en común.

La relación con Marta nunca había sido fácil. Demasiado control, demasiados celos. Que vuelves tarde. Que vuelves borracho. Que no vuelves.

Aquella noche, la noche del empujón, la del golpe, la de la golpiza, la del intento de homicidio, Roberto había llegado tarde y con algunas copas demás.

Que tienes otra mujer. Que no tengo nada. Que estás borracho. Que fueron dos cervezas.

El primer plato que voló, derribó el crucifijo de la abuela que Marta había traído de Guanajuato. El jarrón con dibujos griegos, volteó la maceta con el helecho que le había regalado la prima Gregoria. Finalmente, y después de varios intentos, un vaso alcanzó la cabeza de Roberto, no sin romper de rebote la foto de la tía Euclelia.

La pelea terminó cuando Roberto gritó más fuerte y de un sacudón la sentó de culo en el sofá.

Lo de la policía, lo de las marcas y el arresto, no fueron más que una maraña de papeles y forcejeos emocionales.

Pero él debía aprender, había decidido Marta.

Faltando quince días para cumplir la sentencia, la nieve empezó a caer en la ciudad. Para Roberto, que era la primera vez que veía nevar, la sorpresa del paisaje y la facilidad de vida que encontraba en la cárcel, se presentaban inmejorables. Tres comidas por día. Ejercicios y tertulias. Intrigas y proyectos. El único problema era que todo acabaría pronto.

Pero siempre hay imponderables.

No le causó gracia tener que abandonar la cárcel. Incluso, llegó a resistirse a los guardias que no entendían su comportamiento.

Caminó ofuscado por las calles de la ciudad. Inhalando

el aire frío, que devolvía en forma de vapor. La nieve posándose en sus hombros le hacía olvidar los malos tragos de los últimos meses. De todos los meses que había estado en esa ciudad que no era su ciudad.

Se detuvo en una calle cualquiera, en una esquina cualquiera, a mirar cómo se adormecían los copos de nieve en el aire, como si no cayesen, como si estuvieran suspendidos por siempre en el blanco desteñido de Chicago. Y se hubiese quedado horas viendo caer la nieve en esa esquina, pero hubo algo que lo distrajo. Algo que lo perturbó. Algo que se interpuso entre la maravilla de la nieve cayendo y los ojos que se agrandaban para asimilarla.

Alguien caminaba por la vereda de enfrente. Con un peculiar modo de andar. Un modo de andar que Roberto no olvidaría jamás.

Sin pensarlo, sin medir consecuencias, sin prestar atención al caótico tráfico, Roberto cruzó la calle hasta la otra vereda. Justo por detrás de la persona con tan particular modo de andar.

Esa persona era Marta.

Iba cargada con bolsas, volvía de hacer las compras. Caminaba lento, algo encorvada, agitada por el esfuerzo de la carga y por la dificultad de desplazarse en la acera cubierta de nieve.

Sigilosamente, Roberto se fue acercando hasta casi tocarla. Caminaba al mismo ritmo de ella, copió el paso hasta medir exactamente cuándo rozaban su pie derecho con el pie izquierdo de ella.

No tuvo más que darle un suave toque. Una delicada maniobra que hizo trabar el pie derecho con el pie izquierdo. Una zancadilla perfecta.

El cuerpo de Marta perdió el frágil equilibrio, el desbalance arrastró las bolsas con mercadería y a un par de transeúntes ocasionales que se vieron sorprendidos con la aparatosa caída. Pero todo en asombrosa lentitud. Todo como si fuera parte del paisaje y de la nieve que lentamente desteñía la ciudad de blanco. Los brazos extendidos. Las cosas volando. Toda Marta desparramada en el piso cargado de nieve. Toda la sorpresa inaudita, toda la ignorancia, toda la desazón.

Roberto aprovechó la confusión y el tumulto para escaparse sin ser visto. Bajó su gorro hasta donde pudo y metió las manos en los bolsillos. Caminó rápido, sin dirección y sin preocupaciones. En una calle cualquiera, en una esquina cualquiera, se detuvo para ver caer la nieve. Caía lenta, como suspendida en el aire frío. Roberto mantenía la boca abierta, fascinado. Parecía querer absorber todos los copos del alrededor. No tenía dónde ir, pero eso era lo que menos le preocupaba.

La luna de Iris

Como tantas otras veces, Iris mira al cielo buscando la luna. Le gusta ver sus dibujos. Así llama a los relieves; otras veces los llama cicatrices, depende más del estado de ánimo que de una cuestión de aspectos. Esta noche no encuentra ningún nombre en particular para la geografía lunar. Sólo mira. De a ratos se toca el vientre, inconscientemente, sin un motivo que justifique hacerlo.

Piensa en los dos hijos que todavía están al cuidado de su madre, allá en Guerrero, y en las noches que se pasó viendo la luna.

Ya van cuatro años desde que partió. Cuatro años sin ver a sus hijos, sin abrazarlos. Cuatro años de privaciones en el Norte, enviando dinero y esperanzas al Sur. Le cuesta hablarles por teléfono, no porque no lo desee, sino porque se quiebra tan seguido que es difícil entenderle.

La vida de Iris siempre fue complicada. La niñez con estrecheces, la pubertad con sombras, la adultez con sueños rotos. Los errores de amor se pagan toda la vida, se repite cada tanto.

Esta noche la luna está más grande que de costumbre, más amarilla de lo habitual, más brillante de lo común. Siempre ve la luna de Chicago más cercana de lo que la veía en su Guerrero natal. Es una de las pocas cosas que la reconforta a pesar de estar lejos de los suyos. Su vida cambió bastante desde que llegó. Antes no podía ir a bailar tan seguido. Su pueblo era chico, todos se conocían. Si se quería evitar a alguien, lo mejor era no ir a ningún lado. A veces, ni siquiera al excusado. Pero la música la transforma, la lleva en las venas. No puede esconderse al escuchar algunas notas, el cuerpo le pide movimiento. Moverse, aunque sea en silencio. Moverse, aunque sea a oscuras. Moverse, aunque sea sin movimientos.

Él también iba a todos los bailes.

En lugares donde las caras se repiten, es fácil catalogar quién es quién, en especial cuando de bailar se trata. Al momento de decidir por una pareja, se tienen en cuenta muchas cosas. El bailar es cosa seria. La pareja debe tener la misma pasión por el baile y más o menos las mismas condiciones. Bailar con alguno de poco vuelo puede resultar el fiasco de la noche; en cambio, estar acompañado por un deslumbrante bailarín y desentonar, sería la razón del aburrimiento por el resto de la velada. Nadie elegiría a un perdedor de pareja.

Ambos bailaban muy bien. Era inevitable no coincidir en alguna pista de baile.

Iris estaba en una edad donde la piel es delicada, donde una sonrisa nerviosa habla por las palabras que faltan, y en una circunstancia donde la curiosidad del cuerpo hace cometer deslices, por lo general inconvenientes.

Fue una mezcla explosiva. Dieciséis y embarazada. Por un tiempo, desapareció de los bailes. Él, desapareció para siempre.

En aquellos días, la luna no le alcanzaba para reconfortarse, pero nunca dejó de mirarla.

Ya con veinte, pudo volver a bailar. La madre, alguna hermana, a veces la abuela, le cuidaban el hijo. Los bailes no la acaloraban como entonces, ahora los disfrutaba por el simple hecho de relajarse, de olvidarse de lo cotidiano, de dejarse llevar por esos momentos de éxtasis bajo la luna. En Guerrero, todos los bailes se hacen en patios. Hay garantía de buen clima y la brisa disipa las borracheras. Ya Iris tenía cuerpo de mujer. Había aprendido a mantenerse tan distante como quisiera. Muchos Él se le cruzaron por el camino. Algunos la fastidiaban. Otros, la divertían. Sólo uno de esos Él, llamó su atención. Pero esta vez sería diferente, se prometió.

Estoy embarazada, le dijo. Él se quedó con ella. Pero el precio fue alto. El primer hijo debió quedarse con la abuela. Cuestión de honor, dijo Él. Claro, ¿cómo iba a criar el hijo de otro? No tardó más que meses en darse cuenta que tampoco podría criar el propio. Él se fue, no muy lejos, pero lo suficiente como para no escuchar reproches.

Todo en Iris se desbandó. Sus creencias, sus ritos, sus esperanzas. No mostró heridas en su andar. Nadie sabe qué pasó con las heridas internas.

Y tuvo que remar otra vez. Se alejó de Guerrero observando la luna desde la ventanilla de un autobús que la llevó al Norte. Se había dicho por un año, pero ya van cuatro. El comienzo fue difícil, con deseos de volverse a cada rato. Pero con ella en el Norte todos están mejor, cree. La abuela recibe dinero puntualmente para el cuidado de los hijos; están bien vestidos, bien alimentados y bien educados. Cada vez que puede, alguna encomienda les lleva el amor que sigue postergado en el Norte. Juguetes, regalos, fotos.

La luna brilla en todos los cielos. En Chicago, hasta parece más grande. Siempre despeja después de la tormenta.

Se dio cuenta de que en el ambiente latino de la ciudad, la permisividad es algo corriente. Dejó de llamarse Iris, ahora es Claudia. Su tarjeta de trabajo falsa, al menos, dice eso. El reinventarse le ayudó a volver a empezar. Cuando conoce a alguien, ni siquiera menciona a Guerrero. Después de todo, cada uno tiene algo de qué olvidarse en esta otra vida. Con las nuevas amigas, peregrinan por los bailes de los suburbios. Siempre uno distinto, donde lucen sus dotes para la salsa, la bachata y la cumbia.

De vez en cuando, accede a alguna cita. De vez en cuando, se permite ir a la cama.

Hace poco conoció a un puertorriqueño. Baila muy bien, su especialidad es la salsa. Se divierten bailando y disfrutando algunos tequilas. Lo llama por el nombre de pila, ya no es más Él. También sabe que los puertorriqueños tienen beneficios. El beneficio de la nacionalidad, seguro social y mejores trabajos. También sabe que por ser latino le gustan los niños, como a ella. Sabe que mejorando su propia situación, mejorará la de la familia.

La luna se le acerca hasta dejarse tocar. Nunca en Guerrero pudo tocar la luna. Le gustaría tener una hija. Le hace falta compañía en la soledad que siente en el Norte. Le gustaría llamarla Luna.

Hoy la luna está más grande que de costumbre, más amarilla de lo habitual, más brillante de lo común. Hoy puede tocarla. De a ratos, inconscientemente, también se toca el vientre, no tiene motivos para hacerlo, apenas el deseo de que la luna estuviera metida en su cuerpo.

Dinero fácil

Cien dólares por veinticuatro horas. No lo pensó mucho, la oferta de trabajo escaseaba y encima allí no le pedían ni papeles ni pagar impuestos. La comida estaba incluida y el lugar parecía cálido durante el invierno. Si no lo tomaba, se lo lamentaría por un largo rato. *Easy money,* se dijo Ricardo sin remordimientos.

Con un mapa que le hicieron, encontró la casa sin demasiados problemas. Un par de curvas, las vías del tren, un semáforo aislado, y la tercera casa a la izquierda, un poco más alejada, era su destino.

Hacía frío afuera, pero en la entrada de la casa, un joven alto y corpulento acomodaba leña y limpiaba el alrededor. No estaba muy abrigado; a Ricardo pensó que estaría acostumbrado a ese tipo de temperatura. Las personas que vienen de Europa oriental siempre tienen más resistencia al clima frío. Para Ricardo que era oriundo de Panamá, la nieve que podía ver, estaba en las postales de Navidad.

Estacionó el auto en la puerta. No se animó a entrar directamente porque quería ser discreto en su primer día de trabajo, aunque estaba seguro de que el joven que acomodaba la leña expuesto al frío lo esperaba ansiosamente.

Después de algunas palabras de cortesía y las presentaciones, Todor lo invitó a pasar y a explicarle las responsabilidades.

Todor era búlgaro. Su inglés, bastante bueno, a pesar del acento fuerte y algo mezclado con su lengua materna. Le explicó a Ricardo, Richard, a partir del momento que cruzó la frontera en Texas, que su responsabilidad era cuidar a Ray por veinticuatro horas. Empezando el sábado al medio día, terminando el domingo a las doce.

Ricardo hizo una cuenta rápida del dinero que Todor ganaba por su trabajo. Seis días a la semana, seiscientos dólares; dos mil cuatrocientos al mes. Sin pagar impuestos, con comida y no pagando ni servicios ni alquiler, era un sueldo más que atractivo para un inmigrante ilegal en las afueras de Chicago. Dinero fácil, se dijo Ricardo para sus adentros.

La casa era relativamente pequeña, la puerta de entrada daba a la cocina que servía también de comedor. Una puerta a la izquierda daba a un salón de estar donde tres sucesivas puertas mostraban dos habitaciones y el baño entre ellas. Un televisor con el volumen muy alto dominaba el ambiente desde un rincón. Un anciano de pelo muy fino, muy corto y muy blanco estaba frente al aparato. No se movía, estaba firmemente empotrado en una silla de ruedas. Tan inerme parecía, que le dio a Ricardo la impresión de ser parte del mobiliario y no un ser humano.

—¿Es tranquilo? —preguntó curioso Ricardo.

De uno de los gabinetes, Todor extrajo seis frascos de medicinas.

—Mira, uno de éstos medicamentos es para mantenerlo tranquilo, otro es para la memoria, otro para el corazón y el resto, la verdad, no me acuerdo. Él es muy tranquilo, pero tiene sus días también, como cualquiera.

En una de las puertas del gabinete, estaban escritas en un papel las horas, las frecuencias y las dosis de todas las pastillas y comprimidos que Ray debía tomar. Una verdadera farmacia ambulante.

—Ven, voy a presentarte -dijo Todor.

Se pararon a un costado del televisor, frente a Ray, que no notó aquella presencia. Mantenía los ojos abiertos, fijos en la pantalla, pero mirando algo que estuviera más allá, algo fuera de este mundo e invisible a otros ojos.

—Ray, —habló Todor —éste es Richard, va a cuidarte hoy y todos los sábados.

Sin mover la cabeza, Ray subió los ojos hasta encontrar a Ricardo. Los ojos celestes, bañados de un rocío desteñido, hacían que los brillos parecieran jóvenes, pero al mismo tiempo gastados por el uso.

—Hola —dijo Ricardo.

No hubo respuesta. Los ojos descendieron hasta algún punto sin importancia del televisor, lo que miraban no estaba en la pantalla.

Todor dio las últimas explicaciones a Ricardo, los teléfonos para emergencias y los nombres de los familiares.

—A veces los familiares vienen a visitar a Ray, pero no será hoy. Al menos, este fin de semana no los conocerás.

En su apuro por retirarse y encontrar a su esposa, que también trabajaba de interna en una casa de familia, Todor apenas mencionó las necesidades de la noche.

Una vez solo, Ricardo se dispuso a preparar el almuerzo. Buscó en los gabinetes y heladera y encontró muchas cosas para cocinar: carne, vegetales congelados, arroz. Decidió preparar fideos con salsa de tomates de una lata que tenía un nombre italiano, más una chuleta de cerdo.

En pocos minutos tuvo los platos listos.

—Ray, el almuerzo está servido. Vamos a comer —dijo Ricardo.

—¿Qué has preparado Arty?

Ricardo se sorprendió de que lo llamara Arty, pero mantuvo la conversación enfocada en la comida. Tenía claro que ambos se debían adaptar al otro.

Al ver que Ray trataba de moverse con la silla de ruedas, Ricardo lo ayudó a desplazarse hasta el comedor. Arrimó la silla hasta la cabecera de la mesa y le sirvió un plato humeante de fideos y carne. En un vaso agregó jugo de naranjas y se sentó a comer con Ray.

Con un movimiento que trataba de ser lo más natural posible, Ricardo acercó un diminuto vaso con cuatro pastillas de colores diferentes dentro. Ésa era la dosis del almuerzo.

Ray, cada tanto, observaba de reojo a Ricardo; a veces tan detenidamente que éste llegó a pensar que algo estaba mal con la comida.

—Parece que tú no eres Arty —dijo finalmente cuando el plato ya estaba casi vacío.

—Soy Richard, empecé a trabajar hoy contigo y vendré todos los sábados a cuidarte.

—Yo no necesito que nadie me cuide -sostuvo Ray antes de meterse el último bocado, y el cóctel de pastillas.

Ricardo no tomó a mal el comentario, supo que el fastidio no era contra él, sino contra Ray mismo. Supuso que siempre es difícil aceptar, para alguien que fue activo e independiente toda la vida, que al final va a necesitar ayuda. Extrañamente, Ricardo pensó en su familia, no pudo recordar que hubiera ancianos entre los suyos. Los abuelos habían fallecido antes de que él naciera, y sus padres todavía eran jóvenes y sanos. No pudo recordar cuándo había sido la última vez que había estado con un anciano.

En la cabeza de Ricardo se presentó una frase demasiado común. Algo que supuestamente que, sólo la gente mayor usa. Todo tiempo pasado fue mejor. Le sonó a cliché, a algo que escucharía de un momento a otro, aunque la frase nunca llegó. Pensó que si el pasado era lo mejor para alguna gente, era porque no pensaban en el futuro. Para los ancianos el futuro recuerda la muerte.

No hablaron más. Ricardo lavó los platos mientras Ray garabateaba con un escarbadientes entre sus dientes postizos.

Ray volvió a no mirar la televisión, mientras Ricardo buscaba algo para leer y matar el aburrimiento.

La cena no trajo nada nuevo. Comieron puré de papas, ensalada descongelada y hamburguesas. El apetito de Ray era bueno, comía tan rápido que parecía no haberlo hecho en todo el día, pero nunca comentaba si le gustaba o no. Al final se repitió la misma secuencia de las pastillas, aunque esta vez eran seis.

—¿Tú no eres Arty? —preguntó otra vez Ray.

—No, soy Richard, ¿no me recuerdas? —dijo sonriendo.

Lo acostó a las diez treinta. No fue difícil desvestirlo ni asearlo, para ir al baño sólo necesitaba ayuda para pararse y sentarse, y el lógico uso del papel higiénico. Lo del pañal para adultos fue una novedad.

Le dejó un vaso de agua al lado de la cama, una luz roja encendida, como la de los niños que temen a la oscuridad, y una salivera que Ray usaba por la flema constante que despedía. A un costado, descansaba una pequeña bacinilla llena que no había visto antes. La lavó y la puso al alcance de la mano del anciano.

—Buenas noches Ray, si me necesitas llámame, estaré en la otra habitación.

No contestó. Se tapó aun más con las frazadas tratando de combatir el frío de su desnudez.

Ricardo fue a su habitación y durmió sin problemas en una cama grande, pero con el colchón algo deteriorado por lo viejo. Pensó que le haría doler la espalda a la mañana siguiente.

Ricardo cayó en un sueño profundo, y dentro de aquel sueño, soñaba que jugaba al fútbol con sus amigos de la infancia, allá en Veracruz, en la época en que cualquier persona mayor de dieciocho años era considerada vieja y obsoleta. En aquel juego él era el mejor jugador de la cancha. Extrañamente, tuvo una vaga conciencia de que el sueño no era realidad, y no podía ser más que un sueño, por que él precisamente estaba consciente de que nunca sería el mejor jugador de la cancha. Esquivaba rivales y avanzaba sin cesar, estaba tan entusiasmado con aquella manera de jugar que no se daba cuenta de que el campo de juego se agrandaba hasta distancias inconmensurables, y los jugadores rivales se multiplicaban cada vez que los pasaba. Había tantos jugadores en el camino que empezaba a sentirse cansado, entonces, se frenó y todos los rivales de alrededor le cayeron encima. El árbitro, con buen criterio, había hecho sonar el silbato. Pero el problema era que los rivales le seguían cayendo por doquier, a pesar de los silbatos del árbitro, que se escuchaban cada vez más cerca y cada vez más fuerte.

Se despertó escuchando un agudo de silbato que se mezcló entre la realidad y la continuación del sueño, pero al escuchar otro inmediato supo que los sonidos provenían desde la habitación de Ray.

A medio vestir y con la cara dibujada con las secuelas del sueño, le preguntó a Ray, que aún tenía el silbato en la boca, qué ocurría.

—Quiero el desayuno, es hora de levantarse.

—Ray, son las dos de la mañana, falta mucho para que amanezca.

—Quiero el desayuno ya.

Ricardo respiró profundamente, se dio unos segundos

para pensar qué hacer. Decidió que lo mejor era seguirle la corriente y dejar pasar el momento. Lo ayudó a vestirse y lo sentó en la silla de ruedas. El cuerpo era pesado pero, al mismo tiempo, lo percibió frágil y delicado.

La calefacción trabajaba las veinticuatro horas. La casa se mantenía caliente, aunque con el aire algo saturado.

Ricardo buscó en el refrigerador el tocino que había visto antes, sacó la manteca para las tostadas y algunos huevos para un omelet.

Le comentó a Ray que no le tomaría más que minutos tener todo listo. Con los huevos revueltos, el tocino crocante y las tostadas doradas, acercó el plato a la mesa, justo frente a Ray, que dormía en su silla de ruedas un sueño profundo con la cabeza ladeada un poco hacia la derecha.

Ricardo observó el cuadro que tenía frente a sí y con la mano que no sostenía el jugo de naranjas, se rascó el lado opuesto de la cabeza. No supo qué hacer: Si despertar a Ray y ofrecerle el desayuno, o llevarlo a la cama y desvestirlo de nuevo. Mientras pensaba en las opciones, con delicadeza, acomodó la cabeza del anciano de manera que quedara recta y no sufriera dolores en el cuello.

Finalmente, condujo la silla hasta la sala de estar y la colocó frente al televisor apagado, cerca de la calefacción. Con cuidado, rodeó el cuerpo y la silla con una manta de la misma cama de Ray. Trajo una manta de su propia cama y se acostó en el incómodo sofá. Lentamente, Ricardo se dejó vencer por un sueño vacío y lejano de sonidos.

Ray pareció al despertar no estar seguro de sí mismo, o

de la hora, o de la razón de estar sentado frente al televisor sin volumen y envuelto en mantas.

—¿Qué tal la siestita? —dijo Ricardo, al mismo tiempo que dejaba el diario que estaba leyendo y acercaba la silla de ruedas a la mesa de la cocina.

Ray miraba hacia todos lados como reconociendo el lugar. Como si fuera la primera vez en años que estaba en su propia casa, como si fuera tan sólo un recuerdo vago de alguna otra cosa, o un reflejo de un sueño perdido y difuso en la bruma de la noche. Después miró a Ricardo con cierta extrañeza.

Tomaron el desayuno en silencio, sin sobresaltos, sin comentarios, dejando que el tiempo pasara consumiendo la distancia entre las miradas ausentes, entre las lágrimas que se escapaban de los ojos vidriosos del anciano, sin saber a dónde iban o de dónde venían.

Todor llegó a horario. El cambio de informaciones consistió en las anécdotas del primer día y lo gracioso y lo instructivo. Ambos jóvenes se despidieron hasta la semana entrante, joviales, casi como amigos, como gente que se entiende a pesar de los desconocimientos.

Ricardo hizo un repaso mental de la forma en que había ganado los cien dólares que tenía en el bolsillo. *Easy Money.*

Iba a nevar durante todo el fin de semana. Al menos, eso era lo que se pronosticaba. Para Ricardo, manejar en la nieve era un reto desagradable. El reflejo del manto blanco del entorno le hería la vista y le obligaba a entrecerrar los ojos, a llenar su cara de arrugas.

La entrada a la casa también estaba cubierta de nieve, pero no mucha, apenas una capa fina y delicada que se rompía con las ruedas del auto.

Desde la ventana, Todor saludó con una sonrisa. Su alegría parecía contagiosa. Ricardo imitó el gesto y de pronto se sintió feliz de estar allí, olvidándose de la nieve y de lo complicado de conducir con aquel clima.

Las novedades no pasaron de la rutina: pastillas, horarios, comida. El balance de la vida de Ray no era más que una suma de datos en una planilla de control imaginaria.

Desde la silla de ruedas, Ray saludaba estirando la mano y también sonreía.

—¿Cómo estás Arty?

—Gusto de verte de nuevo Ray —contestó Ricardo, agitando su mano desde la cocina.

—Su humor es excelente, ha estado así los últimos tres días. Está esperando una fuerte nevada porque quiere usar la barredora de nieve —dijo Todor.

—¿Cómo?

—No te preocupes, no puede ni debe usarla. Si acaso llegara a pedírtela, dile que no hay combustible.

Ricardo asintió con la cabeza, pero la sonrisa se le congeló como si un bloque de hielo se le hubiese posado en los labios. Repentinamente, deseó que dejara de nevar.

El almuerzo fue un trámite. El buen humor de Ray trajo una conversación larga sobre sus memorias. De cuando era niño y hablaba en alemán con su abuelo que no sabía hablar inglés. Lamentablemente, no recordaba más que pocas palabras en la lengua de sus ancestros. En la época de la segunda guerra, hablar alemán podía ser mal entendido, entonces su padre le prohibió hablar con su abuelo.

Ricardo sintió que sus historias empezaban a tener algo en común, él también era un inmigrante. Aunque le quedaba claro que en Estados Unidos no es lo mismo ser un inmigrante blanco de ojos azules que un chaparro veracruzano y de tez morena como él.

El relato llegó hasta la familia, los hijos, la esposa ya ida, los años de soledad. Algo de la tristeza se reflejó los ojos de Ray, se pusieron acuosos otra vez, como si aquella frecuencia líquida fuera el estado natural de sus ojos celestes.

—Soy un triste viejo. Un viejo triste.

Ninguna frase es igual a la otra. Aunque algunos se empeñen en relacionar los contenidos de las palabras, en realidad, todo depende de algo más. Todo es relativo, nada es absoluto. Triste viejo. Viejo triste. Tristeza incontenible. Miserable tristeza.

Lentamente, la espalda de Ray empezó a encorvarse arrastrando cualquier vestigio de alegría. Como si el peso de la tristeza fuera insoportable e iracundo. Algunas lágrimas encontraban huella en las arrugas de la cara. Aquel fue un llanto con dignidad.

Sin saber qué hacer, Ricardo pasó su mano entre los cabellos finos y blancos de Ray. Fue suave, delicado, respetuoso. Dejó el llanto en soledad. Consideró inapropiado romper aquel momento sagrado.

Con alguna muestra de incomodidad, Ricardo acercó

un pequeño recipiente con cinco pastillas de distintos colores y aspectos. Todo el resto del día y de la noche, fue un mero simulacro de vida; las pastillas habían aletargado los movimientos, los sonidos, los pensamientos.

Todor llegó unos minutos antes, su cara parecía más relajada. El hecho de ver a su esposa le devolvía el semblante, o se lo quitaba, si uno pensaba con cierto doble sentido.

A Ricardo, la estadía en aquella casa le hacía absorber algo de la soledad de las personas que la habitaban. La exasperante necesidad de partir le decía que no podría soportar más de veinticuatro horas allí.

No le tuvo envidia a Todor, ni al dinero que él ganaba.

No hubo nevadas durante la semana, el clima inusualmente soleado de Diciembre aventuraba los mejores ánimos. La música, a todo volumen, se escapaba del auto de Ricardo, como si ese habitáculo no fuera suficiente para contenerla. La pequeña casa parecía agrandarse a medida que se acercaba.

Había algo distinto en la cara de Todor. Desde la ventana, lo saludó, pero con una incógnita dibujada en sus facciones.

—No digas nada cuando veas a Ray —dijo Todor al estrecharle la mano.

Ricardo estaba listo para preguntar qué sucedía cuando la silla de ruedas cruzó el umbral.

La cara de Ray estaba hinchada. Un hematoma de color púrpura tan intenso que semejaba estar manchado por jugo de remolachas, le cubría la mitad derecha del rostro. Uno de sus ojos estaba medio cerrado, todos los rasgos deformados; una versión diferente de Cuasimodo, algo más vetusta y en silla de ruedas. Pero para nada menos siniestra.

Todor tomó del brazo a Ricardo y lo llevó donde pudieran hablar sin que Ray escuchara.

—No sé cómo sucedió, pero el otro día, mientras lavaba los platos, Ray se levantó de la silla de ruedas y cayó contra el marco de la puerta. Me siento muy mal por lo que pasó, pero no fue mi culpa. Él no recuerda que no puede caminar. Las pastillas le afectan la memoria y el equilibrio. Por eso no digas nada, ni siquiera se acuerda del golpe. Saqué todos los espejos de la sala; en el único que podría verse sería en el del baño, pero incluso de eso se olvidará a los pocos minutos de ver su cara.

—¿Y la familia?

—Les avisé enseguida. No dijeron nada, ellos saben que es imposible estar todo el día tras él. Un médico lo vio después del golpe y le recetó un antiinflamatorio.

Ricardo hizo una rápida cuenta mental de cuántas pastillas debía suministrarle ahora.

Después de mirarlo de reojo, sabía que Ray se daría cuenta o sospecharía de algo.

—¿Qué sucede Arty?

—Nada Ray, me recuerdas a mi abuelo.

El anciano sonrió entre complacido y extrañado, como si dudara de lo que había escuchado, o como si la mentira fuera tan evidente que no había lugar para el sarcasmo.

La cena fue pollo al horno con papas. Ray conversó animadamente, de a ratos se tocaba la cabeza y se quejaba de algún dolor. Por eso tomó las pastillas al comienzo de la comida y no al final, como acostumbraba.

A Ricardo le pareció injusto que robaran a Ray parte de su memoria con pastillas que, a la vez daban cierto alivio a la decadencia del cuerpo. Como la incongruencia de olvidar que no podía caminar y, al mismo tiempo, no recordar las consecuencias de su propio olvido. Un juego de hacer agujeros para taparlos después, o un diagrama de mentiras y desmentiras programadas. Un despropósito. Tal como lo comprobaría la mañana siguiente al momento de afeitarse.

—¿Qué me sucedió?

—Te has caído durante la semana, te golpeaste la cara contra el marco de la puerta.

—¿Cómo que me caí?

—Perdiste el equilibrio.

—¿Y tú, dónde estabas?

—No estaba aquí, Ray.

—Si no puedes cuidarme no deberías estar aquí. Estás despedido —gritó Ray ofuscado.

La silla de ruedas cruzó la sala chocando contra los muebles y el marco de la puerta. Apenas se detuvo frente al televisor que durante el día permanecía constantemente encendido.

Ricardo lo observó alejarse con algún dejo de culpa. No se culpó a sí mismo, ni siquiera pensó en Todor o en el mismo Ray. Pero no pudo evitar sentir el aire de tristeza y soledad del anciano.

Al marcharse, Todor le entregó el billete de cien dólares. Lo guardó en su bolsillo y se despidieron hasta el sábado próximo.

En el cielo empañado se avecinaba una tormenta.

—Por lo que más quieras, no lo consientas en sus caprichos.

Todor dejó esa frase al irse. Ricardo no sabía exactamente de qué estaba hablando.

Lo peor de la tormenta había pasado. Durante días y noches la nieve no había dejado de caer. Era difícil conducir, era complicado caminar, era insoportable estar encerrado entre cuatro paredes.

Ray se encontraba excitado con la idea de sacar la nieve del camino; Ricardo, a su vez, creyó que necesitaba hacer ejercicio.

Abrigó a Ray lo mejor que pudo con montones de suéteres, una bufanda tan larga que le circundaba el cuello y caía hasta la cintura, y un cómico gorro de lana multicolor que le tapaba las orejas y parte de los ojos, incluso el resabio del golpe de la semana anterior; guantes de cuero forrados con piel y una manta que le cubría las piernas. No era que hiciera tanto frío, pero Ricardo temía que Ray pudiera resfriarse.

De las herramientas que encontró, eligió una pala; para Ray, tomó una barra de hierro no muy pesada pero con punta chata con la que pudiera romper el hielo desde la silla de ruedas.

Ricardo dejó la silla de ruedas justo donde el hielo se había formado; después, empezó a sacar la nieve de la vereda de acceso a la casa. Tan entretenido estaba Ricardo que no se percató de que la silla de ruedas ya no se encontraba en el mismo lugar en que la había dejado.

Miró el alrededor, el blanco de la nieve le marcaba una vastedad llena de vacío y de ausencia.

El ruido de un motor tratando de empezar a funcionar, le dio la pista. Resbalando en el hielo, se dirigió al garaje.

La barredora era bastante grande, del tamaño de un cuatriciclo. Casualmente, el motor tenía la misma cilindrada que el de una moto de buen porte, bastante poderosa como para moverse en la nieve y desplazarla sin dificultades.

Ricardo vio a Ray agachado tratando de encender la máquina, justo en el momento que se escuchaban las explosiones ahogadas del motor en desuso.

—Ray, —dijo Ricardo armándose de palabras comprensivas— la barredora no funciona.

—Sólo necesita combustible.

—No tenemos combustible.

—Entonces ve a comprarlo.

Ricardo intentó una respuesta correcta y convincente, sabía que el bidón de combustible estaba escondido dentro del armario.

—No puedo dejarte solo. A tu familia no le va a gustar, podrían despedirme por eso.

La mirada de Ray pareció decir que no le importaba.

—Vamos Arty, abre el portón. Nada va a pasar.

Ray mostró orgulloso la hilera blanca de dientes falsos. Ricardo estuvo lejos de conmoverse.

—Ya basta Ray, si no vas a ayudarme, mejor, vete adentro. Estás haciendo más difíciles las cosas.

Otra vez, Ray trató de encender la barredora infructuosamente.

Ricardo se alejó hacia afuera para no enojarse ni levantar la voz al anciano que, poco a poco, le iba colmando la paciencia.

Con una agilidad que no coincidía con su estado de salud, Ray trepó a la barredora y se sentó, listo para conducirla. Intentó una vez más encender la máquina, y una vez más ésta no respondió.

Después de algunos minutos, Ricardo volvió al recinto y vio a Ray empapado en lágrimas, observando el portón del garaje, tan cerrado como las posibilidades de hacer andar la barredora.

—Dime Richard, ¿he tomado mis píldoras hoy?

Ricardo se sorprendió de que lo llamase por su nombre.

—Sí Ray, por qué preguntas.

—Quisiera tomarlas de nuevo. Quiero olvidar que la barredora no funciona, y que la nieve está ahí afuera esperando por mí.

—Lo que tú digas.

Ricardo entró a la casa y buscó en el gabinete la pastilla que Ray había pedido. El vaho de los fármacos entró en sus fosas nasales. Volvió al garaje y vio el cuerpo sin fuerzas, estirado sobre la máquina: Ray se había recostado en el manubrio, en un gesto que resumía toda su frustración.

El anciano levantó la cabeza y estiró la mano para recibir los sedantes, pero la mano quedó extendida como hasta al infinito, como la súplica por un pan o como para recibir un castigo inmerecido.

Ricardo dejó las pastillas a un costado y miró el techo del garaje al mismo tiempo que ponía las manos en la cintura.

Ray buscó con la mirada lo que Ricardo observaba en el techo pero no encontró nada.

El joven bajó la mirada al piso y el anciano imitó el movimiento con la misma incertidumbre de antes. Tampoco encontró una respuesta satisfactoria.

—Tengo algo de combustible en el auto.

—¿De qué hablas Richard?

La mano del joven se acercó hasta la perilla del portón y accionó el mecanismo de apertura. Lentamente, el aire frío llenó el recinto.

La cara de Ray se iluminó con los reflejos blancos de la nieve.

—Vamos a sacar la nieve juntos, ¿puedo ayudarte? —dijo Ricardo.

El cuerpo de Ray se irguió con dignidad, asintiendo con la cabeza.

—Por supuesto Arty, tú puedes conducir la barredora, yo estaré detrás dando las instrucciones.

—Gracias Ray.

Hicieron arrancar la barredora después de varios intentos. La nieve esperaba por ellos.

Ambos pensaron en la sonrisa del otro.

El abrelatas y el sacacorchos

Hoy, finalmente, me he tomado el tiempo para arreglar la bicicleta de Joey. No es algo complicado, y justo hoy tengo ese especial ánimo de estar ocupado y permanecer en silencio. Joey tiene tres años, no habla mucho y tampoco entiende demasiado. Las conversaciones con él no pasan de un 'sí', un 'claro', un 'por supuesto'.

No es que no me guste hablar con Joey, la relación con él es magnífica, no le puedo pedir más a la vida, un hijo con una sonrisa contagiosa y de permanente buen humor. Es que hoy es uno de esos días, en los que uno siente que el mejor compañero es el silencio; pero él no entiende de esas cosas.

Pongo patas arriba la bicicleta para sacar la rueda trasera y después la cadena, ese el problema, está muy larga y se sale a cada rato provocando los berrinches del niño y los reclamos de la madre. Reconozco que esos reclamos me tocaron el orgullo, no es algo difícil de hacer, sólo necesitaba hacerme del tiempo.

A medida que avanzo, Joey gana en entusiasmo y quiere participar en el arreglo, toma las herramientas y trata de aflojar tuercas erróneamente, porque no son tuercas o porque mete las manos en el lugar equivocado. Por temor a que se agarre los dedos con las ruedas, lo siento en el piso y quiero convencerlo inútilmente de que se quede quieto. No dura más que segundos con su culito apoyado en el piso. Sale corriendo hasta no sé dónde, a los gritos desaforados queriendo decir que está arreglando la bicicleta. No pasa mucho tiempo hasta que vuelve con "sus" herramientas: un abrelatas y un sacacorchos. Con su cara festiva y ocurrente, usa las herramientas en el cuerpo de la bicicleta a modo de una pinza o una llave. Se ríe a carcajadas festejando su inventiva y yo me río con él de su fascinante sabiduría.

Pero los niños no se quedan en un lugar mucho tiempo, y su propia inquietud los lleva de un lado a otro sin preavisos. No sé si en la televisión estaban los *Dragon Ball* o los *Pokémon,* pero no vaciló un instante, su avidez de trabajo se terminó tan pronto como llegaron aquellas caricaturas japonesas.

Me entregó el abrelatas y el sacacorchos para que continuara con la tarea, mientras él se instruiría en las artes de los monstruos y las transformaciones galácticas. Me dio un abrazo y salió corriendo para no perderse ningún detalle de cómo iban a defender la Tierra de algún invasor maligno.

Quisiera decir que lo vi perderse apresurado tras la puerta, pero mentiría, porque me quedé mirando las herramientas. El abrelatas y el sacacorchos. No específicamente las herramientas, sino lo que me recordaban. Años comiendo comida enlatada para ahorrar dinero y mandar a mi familia en Sudamérica. Y fue inevitable recordar a mis dos amigos de aquellos tiempos, Romualdo y Basilio. Los tres en las mismas condiciones, sin papeles para trabajar legalmente, con la esperanza de juntar dinero y algún día regresar a casa para vivir mejor. Para eso estábamos allí, sacrificando tiempo y afectos a costa de nuestra juventud, y de nuestros mejores esfuerzos. Viviendo de prestado en un país muchas veces hostil.

Confieso que la razón de mi silencio de hoy tiene que ver con ese abrelatas y ese sacacorchos. Ellos certifican la pobreza de aquellos días, cuando comprábamos tres latas de cualquier cosa por un dólar, frijoles, granos de maíz, vegetales, sopa, carne triturada. Puedo decir que comíamos por un dólar al día. Pero no era lo mismo con la bebida, allí gastábamos un poco más, en especial los fines de semana donde teníamos vino o cerveza, y si habíamos tenido un buen mes, hasta nos animábamos a un tequila. No era fácil estar en nuestro apartamento después de muchas horas de trabajo, sin televisión ni radio, apenas un reproductor de casetes donde se escuchaban rancheras, boleros y, cuando yo lo tenía, algunos tangos. Entonces beber, era la única forma de escape que teníamos, nos ayudaba a calmar los dolores del cuerpo y a acallar la mente.

Todavía tengo rondando mi mente el llamado de Romualdo un par de días atrás, para decir mejor, por su contenido. Se volvía definitivamente a Nicaragua.

Estaba contento por él. Después de ocho largos años trabajando como un burro en un restaurante, había conseguido su objetivo, se había construido una casa en las afueras de Managua, y se llevaba bastante dinero como para empezar un negocio y pensar en un retiro digno. Ocho años sin ver a los suyos, durante ese tiempo había perdido a su padre, su hijo ya tenía once años de edad; cuando él se fue de Nicaragua, su hijo tenía la misma edad de Joey, tres. Pensar en no ver a mi hijo por ocho años me estremece. ¿Y su esposa? Después de tanto tiempo quién sabe qué es lo que queda de los sentimientos. Pero al menos Romualdo había cumplido su objetivo. Se volvía a casa con la frente alta y la satisfacción de haber cumplido su sueño.

No hablamos de Basilio, hacía muchos años que no mencionábamos su nombre. Pero estoy seguro que le pesa tanto como a mí.

De Basilio sólo me quedó un banderín de las Chivas de Guadalajara, y que ahora está colgado en el garaje de mi casa. Era lo único que sabíamos de él, que era de Guadalajara. No sabíamos ni siquiera su apellido. Así fue nuestra vida en aquellos días en las sombras, total anonimato, vivir de lo que la vida nos daba, que no era mucho, y sacrificarnos todo en nombre de un futuro incierto.

Para mí todo cambió radicalmente, objetivos, prioridades, incluso el estilo de vida. De conocer a Maia, vino el amor, el casamiento, la *green card,* un mejor trabajo y salario, un seguro médico, un hijo, una casa, mucha esperanza. Seguí ayudando a los míos por un tiempo, pero las cosas cambiaron. Me hice ciudadano estadounidense y ya no deseo volver. De repente la vida pasó de darme nada, a darme todo. Así, sin etapas intermedias. Algo que involucraba a Dios, o al destino, o a la vida me tocó y dijo: a ti la buena fortuna.

Hoy sé con alegría que a Romualdo le ha tocado también, al menos, es lo que parece.

Pero a Basilio no.

Basilio, igual que muchos, llegó al norte cruzando el desierto a pie, viajando muchos kilómetros en una camioneta con otros inmigrantes, apretado y asustado de que lo agarrara la policía y lo deportara. Llegó a esta ciudad donde encontró un trabajo que le ayudó a seguir alimentando su sueño americano.

A pesar de haber convivido con él por casi dos años, no sabíamos mucho de su vida, casi nada, que le gustaban las Chivas, y que tenía esposa y una hija de la que estaba muy orgulloso. Siempre tenía su foto a modo de estampita de santo en la mesa de luz. Era un hombre muy reservado, sólo se reía cuando se emborrachaba, lo que no era muy seguido.

Tampoco supimos de su enfermedad. Nunca comentó sus malestares, seguramente tenía miedo de ir al hospital y que allí avisaran a la policía y lo deportaran. Lo cierto es que Romualdo un día me preguntó sobre unas manchas de sangre en el baño. No eran mías, tampoco de Romualdo, solo quedaba Basilio como posibilidad. Fuimos a su habitación y allí estaba durmiendo, no había ido a trabajar. Lo despertamos para preguntarle si se encontraba bien, dijo que sí, que sólo tenía una descompostura y quería descansar.

Lo dejamos en su habitación y cada uno siguió con sus cosas: el trabajo, las clases de inglés, la búsqueda constante de una oportunidad de mejorar.

Dos días después nos preguntamos por Basilio, porque no lo veíamos por las mañanas, cuando se preparaba para ir a trabajar. Golpeamos su puerta, y al no oír respuesta, decidimos entrar. Yacía boca arriba, tranquilo, como si tomara una siesta a la sombra de un sauce después de un almuerzo de Domingo. Una siesta eterna.

Romualdo y yo nos miramos preguntándonos qué podíamos hacer. En principio sugerí llamar a la policía, incluso levanté el tubo del teléfono y empecé a marcar el 911, pero Romualdo me preguntó: ¿Estás seguro? No, no lo estaba, y entonces colgué.

Sabía que nos expondríamos y todo se terminaría para Romualdo y para mí. Otra idea fue llevarlo a un hospital, pero era más de lo mismo.

Buscamos en sus pertenencias algún número de teléfono, una dirección, algo que nos guiara hasta alguno de sus conocidos, al menos para poder avisarle a la familia, pero no hallamos nada. Ni siquiera estábamos seguros de que Basilio fuera su nombre verdadero.

Pasaron dos días sin que tomáramos una decisión, no podíamos tener el cadáver de Basilio para siempre en su recámara.

A la tercera noche, mientras nevaba suavemente en las calles de la ciudad, decidimos hacer algo. Entramos a la habitación de Basilio por primera desde que habíamos descubierto su muerte y pudimos oler la rancidez del ambiente. Por suerte el cadáver estaba vestido, sólo le tuvimos que poner los zapatos y una chaqueta, lo que no fue fácil debido a que la rigidez del cuerpo se resistía a cualquier movimiento. En el bolsillo de su chaqueta, puse la foto de su hija.

Los cargamos cada uno de un brazo y los pasamos por nuestros hombros, a modo de ayudarlo a caminar, o que al menos diera la impresión de que éramos unos borrachines yendo a casa. Salimos a la calle bien entrada la madrugada, en el peor momento de la nevada, lo que pensé era una bendición. Caminamos unas pocas cuadras hasta un parque, caminando ligero por los callejones oscuros, o bajo las sombras de los árboles que nos ocultaban de los faroles de la calle. A veces al mirar atrás, veía en la nieve nuestras huellas, a veces eran solo dos, otras, eran dos huellas de pisadas más dos líneas rectas, en una de esas, me di cuenta de que Basilio había perdido uno de sus zapatos, pero no nos detuvimos a buscarlo, ya casi llegábamos hasta al parque, y más allá, el río.

Rogaba a todos los santos que nadie nos descubriera, no iba a saber cómo explicar qué estábamos haciendo, cargando un cadáver en dirección del río.

Pero nadie nos vio.

Bajo la sombra oscura de los árboles, llegamos hasta la orilla del río, y sin ceremonias, solo cerciorándonos de que nadie nos observara, dejamos caer el cuerpo de Basilio a las aguas frías de aquel río de invierno, y vimos cómo se perdía para siempre.

En aquel momento tuve frío, mucho frío, como si el que estuviera en el agua fuera yo, y no Basilio.

Nos volvimos en silencio, un silencio que duró semanas; a veces, cuando nos cruzábamos en el desayuno, no podíamos alzar la vista y mirarnos a los ojos.

Un día decidimos deshacernos de las cosas de Basilio. Donamos las ropas al Ejército de Salvación, junto con las sábanas y algunos muebles pequeños. Los casi cuatro mil dólares que encontramos escondidos en una caja de cigarrillos, nos lo repartimos, tuvimos en claro que no teníamos a quién dárselo. De a poco, la habitación fue quedando vacía, y pasó mucho más de un año hasta que alguien más la ocupó.

No sé si Romualdo se quedó con algo más. No me interesa saberlo. Yo me quedé con ese banderín del Guadalajara. Nunca estuve seguro porqué, pero quería tenerlo; por mucho tiempo, al ver aquel banderín, me volvía la sensación de frío.

Pero ya no.

Joey entra como una tromba de nuevo a ver cómo va el arreglo de su bicicleta, y nota que no he progresado mucho. No se queja, al contrario, agarra de nuevo el abrelatas y el sacacorchos y está decidido a ayudarme a terminar con el trabajo.

Yo sonrío, aflojo más tuercas y accidentalmente recuerdo el banderín del Guadalajara. Creo que es tiempo de deshacerme de él.

Jamás llueve en el sur de California

Jamás llueve en sur de California. De eso se jactan los que viven en esta parte del mundo. Puede estar nublado, con un cielo gris compacto como si fuera una bóveda sin forma, dando la impresión de un techo pintado con brocha, como si no tuviera nubes de ningún tipo, ni cirrus ni cúmulus ni limbus. Un cielo liso, tan perfecto que no pareciera ser un cielo. Puede estar nublado por días, pero nunca llueve en el sur de California.

A veces, me gustaría que lloviera.

En mi ciudad, en la que nací, una ciudad muy al sur del Río Grande, cuando llueve, llueve por una semana seguida, y el cielo toma formas y colores diferentes todo el tiempo. Sin ser una ciudad de los trópicos, vale la pena ver llover en mi ciudad. La lluvia cae como si fuera una sinfonía ruidosa y pesada, sin pausas. Tanto en verano como en invierno, la lluvia no para por varios días, tal vez la temperatura cambie, pero no su consistencia ni su solidez. Sé que en días como estos extraño mi ciudad, y sí, extraño sentarme en la galería de la casa de mis padres y ver llover, sin pensar, sin hacer planes, sólo viendo la lluvia caer por horas y horas.

Cualquiera diría que esto es nostalgia, melancolía. No me importa lo que digan. Porque, en realidad, nadie sabe lo que pasa por mi cabeza, las conjeturas que hagan quedarán en un vacío de suposiciones erróneas. Me parece muy imprudente tratar de percibir los pensamientos de otro.

Lo que viene a mi memoria en días como estos es algo que pasó hace muchos años atrás. Bajo un cielo parecido pero distinto, cerca geográficamente, pero distante en demasiados aspectos, algo más al norte, algo más al este.

Aquel día estaba en una ciudad en la que llueve mucho más que una semana seguida, llueve por meses; mucho más que en mi ciudad, lo que para mí, ya era demasiado.

En una tarde, cuando extrañamente no llovía, pero el cielo amenazaba a los desprevenidos, yo, uno de esos, fumaba tranquilo en un banco de la calle esperando por el autobús que debía tomar. Y como desprevenido que estaba, alguien me sorprendió observando esas nubes con formas deformes. Ese alguien me pedía lumbre.

Tardé en responder, no me había dado cuenta de que alguien se había sentado a mi lado, y mi sorpresa tenía que cambiar de idea y de idioma en un instante. Me repitió la pregunta, aunque ya la había escuchado, busqué el encendedor entre mis ropas y le ofrecí fuego como un caballero debe hacerlo, después de todo, estaba ante una dama.

—¿Esperas el autobús? —dijo después de aspirar su cigarrillo y exhalar el humo hacia arriba.

Dije que sí, sin ánimo de empezar una conversación, pero convencido de que no sería lo último que diría.

Se dio cuenta fácilmente de mi acento extranjero, y eso le dio oportunidad de encontrar un tema de charla.

Presté más atención mientras hablaba de cosas que realmente me interesan; en aquellos tiempos, cuando era nuevo en este país, todavía me resultaba excitante hablarle al mundo de mi ciudad, de los míos, de mi cultura. A ella parecía interesarle, y pronto me sorprendió invitándome a un trago, acepté, en aquellos días bebía a cualquier hora sin que me afectara. Hoy no es así, demasiadas cosas han cambiado.

Mi destino podía esperar; la lluvia, aparentemente no, empezaban a caer las primeras gotas.

En ese breve lapso en que hablamos y caminamos hasta un bar cercano, me di cuenta de su inestabilidad para caminar, por eso le ofrecí el brazo, el que aceptó con una sonrisa.

Al estar sentados uno frente al otro en la mesa del bar, pude ver mejor sus facciones, me llevaba como quince años, quizá algunos más, pero no había perdido belleza, sino que la mantenía con dignidad. Digamos que tendría unos cuarenta y cinco años; yo, todavía estaba lejos de los treinta. Se pidió un escocés, presumí que debido a su inestabilidad al caminar, no era el primero del día; por su énfasis al hablar, tampoco sería el último. Como buen sudamericano que soy, ordené vino tinto.

No quiero pecar de inocente, pero esperaba que algo

sucediera en cualquier momento. No sabía qué, en mi cabeza creaba imágenes que no podía definir, mientras trataba de anticipar lo que iba a suceder.

—Eres un joven muy apuesto —dijo acariciándome la mano.

Cualquiera se sentiría halagado. Una aún bonita mujer madura diciendo que eres apuesto, y con la obviedad que empuja a la seducción. Cualquiera, en cualquier otra circunstancia, pero yo no.

Sonreí. Mientras bebía a sorbos cortos mi vino tinto.

Entre malicia y curiosidad pregunté por qué estaba bebiendo.

Su rostro cambió de, como si de repente hubiera notado que estaba lloviendo cuando imaginaba un sol mediterráneo. Bebió otro poco, esta vez miró fijamente el hielo que se perdía en su vaso.

—Porque me siento miserable.

Me esperaba cualquier respuesta menos ésa, porque después de todo, su alegría ficticia me parecía relacionada a otra cosa, a un despojo, a una revancha, pero no a la miserabilidad.

Sin pedirle que continuara, me contó que su marido se había ido de la casa, pero que no le preocupaba. Más bien le preocupaba el hecho de que volvería; tan segura estaba que prefería emborracharse para no darse cuenta de ello. Y con él volverían la soledad, la indiferencia, el aislamiento. Confesó sentirse incapaz de cambiar su vida; en su cobardía, el único bálsamo era el alcohol.

Al terminar de hablar, sus ojos parecieron vencidos, caídos dentro del vaso, derretidos con los últimos pedazos de hielo.

Miré la lluvia que caía pesada contra el vidrio de la ventana y a pesar de disfrutar esa visión, deseé que parara de llover para poder irme a casa.

Volvió a acariciarme la mano y sólo atiné a sonreír, mientras delicadamente me recostaba en el respaldo de mi asiento para así alejarme de ella.

Vi claramente cómo se desarrollaba el juego. Herida en su íntimo ser, ella buscaba algo diferente al hastío cotidiano, un poco de aire, alguna mentira piadosa; quizás, un joven extranjero, ignoto en una ciudad cosmopolita podría dárselo.

La lluvia finalmente paró y pudimos salir del bar, por supuesto mi excusa era la de llegar tarde a un lugar sin importancia. Mi apuro empezaba a ser grotesco.

Me pidió que la acompañara a comprar tabaco para no sé quién que cumplía años la semana entrante. Yo empezaba a fastidiarme, aunque no creí que nos llevara más que algunos minutos hacer la compra. Tal vez ella había creído que porque yo fumaba conocía algo sobre tabaco; lo único que realmente me importaba del tabaco era que lo pudiera encender y aspirar el humo. No fui de mucha ayuda, sin embargo le recomendé tabaco turco que sabía que era de sabor fuerte y aromático. Sin que me diera cuenta, había comprado un puro cubano para mí. Me volví a sentir halagado, pero debía mantener la distancia; fríamente, se lo agradecí. No pude evitar el abrazo que me dio.

Al salir del local, trastabilló apenas, por lo que se aferró con las dos manos a mi brazo, preferí eso a que sufriera un accidente y encima me tuviera que hacer cargo de ella, apoyó su cabeza contra mi hombro y así caminó la cuadra que restaba, sin hablar, como si se sintiera feliz sin razón alguna.

Llegamos a su parada pero me dijo que no teníamos por qué separarnos, que podía ir a su casa y pasar el fin de semana allí si lo deseaba. No sé qué estúpida razón inventé para decir que no, pero sus ojos me veían absortos en una mezcla de mirada alcohólica y desesperada, a punto de derramar lágrimas.

—Entonces es tiempo de despedirnos —dijo apresurada y tratando de ocultarse en sus palabras.

—Sí -dije sin emociones.

Me abrazó como a un hijo que volvía de la guerra, atrapándome entre sus brazos y limitando mis movimientos y reacciones. Se quedó así unos por algunos minutos. Algunos transeúntes nos miraban extrañados. Quise soltarme al tiempo que me sorprendió besando mis labios. Mis movimientos fueron bruscos y torpes, entremezclando repulsión y pavor.

La vi ofreciéndome sus labios, pero mis ojos se posaron en los de ella, viendo como una lluvia de lágrimas arrastraba los sedimentos del maquillaje, dejando una senda de colores oscuros y densos a su paso. Su rostro se devastaba a cada uno de mis rechazos.

Me quedé observándola sin saber qué hacer, viendo sus

ojos corroídos y su boca marchita en pos de una mísera redención.

Retrocedí unos pasos y el llanto me miró suplicante. Me di la vuelta y caminé sin mirar atrás. Mis pasos rápidos no impidieron que sintiera su mirada en mi espalda. La supe parada allí, tratando de entender mi huida y mi prisa, en silencio, en penitencia.

No tomé el autobús, sino que caminé durante casi una hora hasta donde debía ir, caminando apresurado como si escapara o como si el miedo me persiguiera.

Nunca hablé con nadie de aquello. No me pareció importante ni digno de comentarlo. De alguna manera, lo había olvidado. Ni siquiera la lluvia, tan común como inquisidora en cualquier parte del mundo, trajo vestigios de aquella memoria.

Sé que ni remotamente todo esto está relacionado con nada. Sé también que todas las historias mínimas pasan desapercibidas al mundo insensible de lo cotidiano. Sé que desde mi ventana, en un piso décimo y observando una ciudad que parece una alfombra de luces sucias que jamás se humedecen por la lluvia, deseo que llueva, que caiga agua suficiente como para lavar las calles, las luces sucias, las historias mínimas.

En la sequía del sur de California donde nunca llueve, observo todo lo que está más allá del vidrio de la ventana.

Y decido mirar porque allí, en ese vidrio que se interpone con el afuera, encontraría mi rostro reflejado, haciéndome notar los años que se han sucedido y el paso implacable del tiempo, y de las personas que han dejado sus huellas en mi vida.

Pero no veré más que otro rostro.

Porque en el lugar donde debería ver mi cara, aparecerá la de ella, la de aquella mujer. Exactamente igual a como la dejé muchos años atrás, llorando sin sonidos y sin gestos, con las huellas de maquillaje mostrándose como si fueran heridas. Con el mismo gesto de incomprensión, suplicando un beso que la redimiera. Tan sólo un beso.

En días como estos, siempre espero la lluvia. Y me gustaría que lloviera una semana seguida, tal cual llueve en mi ciudad. Y quizás la lluvia alcanzaría para lavar las calles y las luces sucias y las historias mínimas que se ven a través de mi ventana, y quizás, también, el rostro de aquella mujer perdido en mi memoria y sus cicatrices. Y quizás, si la lluvia lo permite, lavar mi rostro y mis cicatrices también.

La única certeza

Alguien gritó que La Migra estaba en el edificio, entonces, como teníamos planeado con mis compañeros, a modo de simulacro de incendio, trepé por una cinta hasta la ventana que da a la terraza de la cafetería de al lado. De allí, salté al techo del restaurante árabe, y luego me arrojé al contenedor de basura. Algunos cartones amortiguaron mi caída. Nadie me vio, así que después de sacudirme las ropas caminé por el estacionamiento y me perdí en la calle. No pude fijarme si el resto de mis amigos me seguían; apenas crucé la ventana vi que muchos agentes, como veinte, habían entrado a la fábrica con sus armas apuntando como si fuéramos criminales de mala calaña. Asumo que no me vieron, y si lo hicieron, me dejaron escapar porque no tenían ganas de perseguirme; igualmente, no miré atrás. Tuve la certeza de que fui el único que pudo salir allí.

Di un par de vueltas y al rato pasé por el frente de la fábrica. Vi que muchos de mis amigos estaban esposados. Los subían a los camiones policiales. Lo vi a Juanito, empujado por dos gigantescos guardias, que se quejaba de algún dolor en las costillas. A Ponciano, al que arrastraban a la fuerza. A Domingo Orellano, que gritaba que había estado en Chicago los últimos dieciocho años y que siempre había pagado sus impuestos, a pesar de no tener permiso para trabajar. Incluso al *Mister* se llevaron, pobrecito, él nos había ayudado mucho, dándonos horas extras, a veces, dejándonos dormir en la fábrica cuando las cosas iban mal y necesitábamos ahorrar dinero. Ahora todos a la cárcel, y después, para la mayoría, la deportación.

Hice la cuenta mental de cuánto tiempo me tomaría llegar a mi casa, pero en el bus, no sería en menos de una hora y media. Seguro que Juanito, mi compañero de cuarto, diría dónde vive y allí me estarían esperando con armas, esposas, y orden para la deportación. No les iba a dar esa oportunidad, apenas tenía unos dólares en la casa que no me servían de mucho, y unas pocas ropas viejas que no tenían valor. Sólo me preocupaba la foto de mi madre, pero los agentes no se iban a fijar en eso. Iban a revisar nombres, direcciones y posibles contactos que pudiéramos tener. Como si hubiésemos venido a robar o a llevarnos lo que no era nuestro. La locura se les iba a pasar después de unos días, dos, tal vez tres; luego podría volver al departamento a recoger mis cosas, y buscar otro trabajo y algún lugar dónde vivir.

Decidí irme después de que se llevaron a todos, ninguno de ellos ya contaba, en cuestión de días estarían todos en sus países de origen, planeando cómo volver a entrar de nuevo a este país. Yo sé que muchos, en menos de dos meses, estarán de vuelta, viviendo en las mismas casas donde viven ahora, y hasta quizás trabajando en la misma fábrica del *Mister*. Así es como las cosas funcionan por aquí.

No supe qué haría durante ese tiempo de espera. No tenía a dónde ir. Agradecí que no estuviéramos en invierno, podría morir congelado en alguna de esas noches de nieve.

Recordé que desde que llegué a los Estados Unidos, había escapado muchas veces. La misma primera noche, en el desierto de Arizona, los agentes federales nos cercaron y entre la confusión y la oscuridad corrí hasta que no me dieron las piernas. Una pareja de mejicanos que encontré en el camino me acercó a Los Ángeles, allí tenía un primo que me ayudó a instalarme y a conseguir un trabajo en un restaurante. Y las cosas hubieran ido bien, si no fuera por esa pandilla que vendía drogas en el barrio. Querían que les comprara sus porquerías o les pagara protección; querían dinero de cualquier manera. Una noche en la que estaban borrachos o drogados, me pararon y me amenazaron con sus armas. Me asusté como si hubiera visto al mismo diablo. Corrí sin parar, me metí en una casa y pasé por entre medio de una familia que me gritaba cosas que no pude entender. Un disparo sonó distante pero fue como si me empujara a correr más rápido y más lejos. Ellos sabían dónde vivía. ¿Cuánto tiempo podría escaparme de ellos? Recogí mis cosas y sin despedirme de mi primo partí hacia Chicago, donde estaba Juanito, mi amigo de la infancia.

La noche llegó pronto, en esta ciudad donde siempre el sol parece escarparse del día. Aparecí sin proponérmelo en el *Lakefront,* la autopista frente al lago, y bajo uno de sus puentes, vi un grupo de personas que se aprestaba como si estuvieran de campamento. Organizaban camas en las aceras del camino, justo debajo de la autopista. Aquí los llaman *homeless,* los sin casa, en mi país los llamamos vagos, sin vueltas.

Había escuchado que eran un grupo cerrado y, a veces, violento cuando se los molestaba. Vi que algunos tipos se calentaban las manos alrededor de una hoguera, aunque no hacía frío; quizás lo hacían por costumbre, o para cocinar algún pedazo de carne; alguna paloma que hubieran cazado, o quizás algún pato o ganso de los que suelen andar por el parque. Estaban muy metidos en lo suyo, se reían a carcajadas, arqueando el cuerpo y se pasaban una botella envuelta en una bolsa de papel.

Todos vestían más o menos igual, pantalones de varias tallas más grandes de las que deberían usar y chaquetas sucias con remiendos por todos lados. Los cabellos revueltos como si recién se despertaran, a pesar de ser ya entrada la noche. Vi también que, cruzando la calle, en la acera de enfrente, un hombre alto y excedido de peso, apoyaba una mano contra la pared y con la otra buscaba algo en sus pantalones; a ver el chorro de orina resbalándose por la pared del puente, me di cuenta de lo que había estado buscando. A pesar de estar varios metros alejado de aquel sujeto, me pareció que todo aquel espacio olía a orines.

Me llamó la atención la diversidad de gente que había en aquel grupo, tanto blancos como negros, hombres y mujeres de todas las edades. Algunos vestían ropas militares y otros largas barbas blancas del tipo de Papá Noel, aunque sucias y descuidadas.

Una mujer recién llegada de quién sabe dónde, traía un carro de supermercado lleno de distintas porquerías. No pude distinguir qué era cada cosa, pero al menos vi una manta, muchos cartones, y de una caja sacó un paquete con unos panes. Con la delicadeza única que tienen las mujeres, armó una cama tan pronto como había llegado. Extendió los cartones sobre el piso, en posición perpendicular a la pared, extendió tres cobijas que si bien se notaban sucias, parecían poder abrigarla durante una noche de invierno. Sacó del carro una almohada que no había visto, quizás porque estaba oculta detrás de los cartones. Se sentó sobre su cama y acercó la caja con los panes.

Reconozco que ya tenía hambre, y el verla comer esos panes me hizo pensar en que no tenía dinero ni para comer. Hubiese aceptado alguno de esos panes sin preguntar de dónde venían ni que tan frescos eran.

Un hombre se acercó a la mujer y le dijo algo que no pude entender, pero al no tener respuesta, gritó que le diera los panes de una manera que retumbó en todo aquel lugar como si hubiera sido un trueno. Como la mujer no se los daba, el hombre decidió arrebatárselos. Y después de un breve forcejeo, le quitó el pan que la mujer estaba comiendo y la caja con el resto de los panes. La mujer gritó mas fuerte que el hombre pero nadie respondió a sus gritos. Los demás vieron qué había sucedido, pero nadie hizo nada. Siguieron tan ausentes como lo habían estado durante todo el tiempo que los estuve observando.

La situación me llenó de furia.

Como no estaba muy lejos de aquella mujer me acerqué desde la rampa donde estaba sentado y, sin darle una posibilidad de explicarse, le di un puñetazo al hombre que cayó casi desmayado, desparramando los panes por el piso.

Los recogí tan rápido como pude, los devolví a la caja donde pertenecían, incluido el que el hombre ya había mordido. Vi que algunos hombres ahora prestaban atención a la escena.

Caminé unos pasos hasta donde estaba la mujer y le di la caja con los panes. Al principió me miró desconfiada, dudando de que lo que le estaba ofreciendo, pero adelanté la caja para que la tomara.

Sin dudarlo, arrebató de mis manos la caja al mismo tiempo que controlaba la cantidad de panes.

Inocentemente le hice un gesto pidiéndole uno, pensé que en gratitud me lo ofrecería. Pero no fue así.

Me gritó algo que no comprendí en contenido pero sí en volúmen, con una mezcla de desesperación y enojo. Vi a los demás hombres que ya estaban más cerca y decían cosas que no sonaban amistosas. También me empezaban a llegar los insultos del tipo que se reincorporaba del piso, y de alguien que lo ayudaba a levantarse.

Quise explicar lo que sucedía. Que sólo quería ayudar

pero nadie parecía dispuesto a escuchar. Retrocedí a fuerza de los gritos, los de la mujer y los de aquella multitud que me hacía sentir foráneo en el mundo. Ni siquiera la mujer a la que había ayudado daba una palabra por mí.

Cuando un moreno alto se me abalanzó, me eché a correr. Ya se me estaba haciendo una costumbre. Lo hice sin detenerme, sin mirar atrás y pensando en aquellos malditos panes.

Leal y respetuoso

La reunión terminó con un éxito rotundo. El discurso del Señor Linares había sido más que convincente. Ganamos la cuenta. Para nuestra agencia de publicidad, significaba pasar a ser una de las tres primeras del país, y eso no era poco. El crecimiento de la agencia comenzó con el arribo del Señor Linares. Lo llamo Señor Linares aunque no es mucho mayor que yo, por una cuestión de respeto, porque es mi jefe y una persona que tiene bien merecido su crédito. En un año nuestro ascenso fue increíble. Debo decir que le debo al Señor Linares mi nueva posición, su segundo y el último incremento salarial, más que sustancioso. Bueno, para eso trabajo, pero mi jefe tiene la sensibilidad de saber quién es quién en este juego de burocracias. Le retribuyo la confianza dando el mayor esfuerzo en mi trabajo, siendo creativo y leal. Además, el señor Linares es tan inmenso que comparte su filosofía con todos nosotros. Es un ganador. Un seductor nato. Un tipo con el que se aprende y se crece. Está claro que lo admiro. Y como yo, todos los que trabajan con él. Era previsible que alguien se encontrara encantado más de la cuenta. Era obvio que, ante tremendo varón, sólo una mujer de piedra no se sentiría atraída. Pero debo confesar que a todos nos sorprendió quién fue la *beneficiada:* Lina, la telefonista, se convirtió en su amante.

Nuestras candidatas eran la secretaria o la Jefa de Recursos Humanos. Las dos son muy atractivas y se desvivían por llamar su atención. En cambio, Lina es una mujer simpática pero no muy llamativa, creo que su belleza pasa más por la actitud que por lo físico. Al menos para mí, que antes de que el Señor Linares llegara, estaba tratando de invitarla a salir. Siempre fui muy tímido para esas cosas. Por supuesto que entiendo por qué aceptó la propuesta del Señor Linares. Yo mujer, hubiera hecho lo mismo. Creo que está con el hombre que debe estar. Cuando la miro, siento una sana envidia por el Señor Linares. Sé que Lina es mucho más mujer que cualquiera en esta oficina. Sólo hay algo que no entiendo. El porqué de nuestras largas miradas.

Fui a servirme café como todas las mañanas a eso de las once. En la cocina de la oficina, Lina estaba cargando la cafetera. Me deleitó verla. No usa mucho maquillaje, algo en las pestañas y un poco de color en los labios, un tono oscuro. Pelo largo, lacio y negro. Me sonrió y yo hice lo mismo. No me animé a hablarle, quería retenerla tal cual la estaba viendo. Ella, a su vez, no hizo más que acortar su sonrisa hasta ese grado en que la boca parece querer decir algo, pero no se atreve o no puede. Tragué saliva ruidosamente, creo que hubo un eco en todo el diminuto ambiente. Sus párpados se mostraron lentos, o fui yo quien aletargó todos los movimientos. Mi respiración se volvió espesa. Pude determinar qué porcentaje de aire había sido expelido por ella, y se me antojó que aquel aire sabía más dulce. Al buscar el azúcar, accidentalmente rocé sus hombros y espalda. La sensación fue única. Su piel no irradiaba perfume, sino energía. Así lo definí después de sentir espasmos en todas mis fibras. Los sonidos llegaban distorsionados, indecisos, confusos. Creí que se había dado cuenta de mi cambio, algo en ella empezaba a temblar. Un sonido destruyó el momento, llegó con la exacta forma de mi nombre. La voz de la secretaria me llevaba al despacho del Señor Linares.

Él requería mi presencia, no podía hacerlo esperar.

Era un honor. Sin dudas. El Señor Linares me pidió expresamente conducir las entrevistas ya que él se encontraría ausente por unos días. Dijo que sólo confiaba en mí. Era la primera vez que una entrevista con clientes era delegada a un segundo. Debí haberme sentido nervioso, pero sus palabras fueron tan precisas y tranquilas que no pude más que jurar cumplir con mi deber. Él sólo movió la cabeza asintiendo. Su porte pareció más caballeresco que nunca. Yo, su leal escudero, lo representaría en la justa de los nobles.

Creo que al salir de la oficina mi cuerpo se irguió espontáneamente. Hubo algo en mí que expandió los pulmones, respirar se me hizo fácil, innecesario. Di órdenes. Repartí tareas. Diagramé la semana. Haría el mejor trabajo posible. El Señor Linares se lo merecía. Al cruzar el pasillo, de reojo, miré el escritorio de la recepción: los ojos de la telefonista estaban posados en mí.

Los posibles nuevos clientes eran de una firma que quería crecer en un nuevo margen del mercado. Estaban dispuestos a una buena inversión. Obtenerla representaría casi el veinte por ciento de la facturación de la agencia. Pasarían a ser los mejores clientes.

Había mucho en juego.

El salón de conferencias me pareció más lleno que nunca. O más chico que nunca. O más denso que nunca. Ciertamente, no semejaba el mismo salón donde habitualmente actuaba de oyente. Las caras de los clientes me parecieron crueles, irritadas, deformes. Esa pastosidad del ambiente se resumía en pánico, en la insipidez de mis tribulaciones, en la desazón de mis cimientos. La lengua seca me impedía hablar con justeza, bebí tanta agua como pude.

La introducción estuvo a cargo del dueño de la agencia. Palabras de protocolo, bienvenidas y pompas. Todo insignificante, pero necesario. Mi mente trataba de recordar ese plan perfecto que había detallado y que se había esfumado entre los nervios. El dueño de la agencia me pasó la palabra. Sin embargo, respondí con silencio.

Me puse de pie sin apuros, sin quiebres, sin abundancia.

Caminé despacio hasta la pizarra. Caminé despacio y dolorido, me dolían los pensamientos ausentes.

—Señores… —dije dubitativo.

Los ventanales del salón de conferencias mostraban la ciudad con un destello inmaculado. El piso veinticinco daba un punto de vista calmo a todo el caos escondido en las calles. Como si no existiera. Como si el gris del cemento fuera hermoso y la gente lo disfrutara. Todo dependía de los puntos de vista. Yo, en ese momento, era el piso veinticinco, y el paisaje estaba derramado en la mesa ovalada de un salón de conferencias. Todo, lentamente, fue tomando forma y distancia. Todo se acomodó a una norma recién implementada. Todo cayó en un conjuro de confianza.

—Señores… —dije otra vez más convencido, y empecé mi explicación.

En escasas horas se firmó el contrato. El festejo fue extraordinario. Champagne para todo el personal, alegría en todas las caras que repetían las mismas palabras. *¡Felicitaciones!* Me había convertido en el héroe de la agencia. Algunos desaforados sugirieron que yo era el nuevo Señor Linares. Toda celebración tiene sus excesos. Pero reconozco que la fantasía me gustó. En esa fracción de tiempo me sentí admirado, respetado. De alguna manera, excitado. El Señor Linares estaba orgulloso. Su felicitación telefónica fue el mejor premio que pude haber tenido. Eso ensanchó mi tranquilidad.

Estúpidamente, pensé que yo también debía tener una amante. Estúpidamente, pensé que ésta podía ser Lina. Por supuesto, había sido tan sólo un desliz, una manera delirante de acercarme a lo imposible. Por un momento, toda la euforia de la oficina me cayó encima haciéndome ver una realidad distinta. Después de todo, en unos días, el Señor Linares regresaría y las cosas volverían a su lugar.

En unos días.

¿Por qué no? Sólo sería una charla. No perdía nada con probar.

Cuando Lina dejó la oficina, la seguí sin que nadie se diera cuenta. Fue difícil. Todos me paraban para que contara cómo había sido el famoso discurso. Con algunas evasivas, logré escaparme del edificio y ver cómo Lina caminaba hacia el estacionamiento. Traté por todos los medios de que mi palabra sonara casual, indistinta, espontánea. ¿Tienes algo que hacer? ¿Tomamos un café? Necesito hablar con alguien. ¿Me prestas tu oreja? Con sonrisas nerviosas, con palabras diluidas entre los dientes, aceptó.

El café tomó horas. Después hubo cena. Una copa. Dos. Y por fin, vocablos sinceros, angustia liberada, saliva deslizándose en tráqueas sedientas. Sucedió lo que debió haber sucedido mucho tiempo atrás, desde antes de que el Señor Linares llegara, y por razones ajenas a él mismo no sucedió. Su departamento fue cálido, mágico, envolvente. La ropa vistió el piso, la piel vistió las ansias. No importó sentirme dentro de ella, sino el hecho de fundirme con ella.

Sonó el teléfono y el presente irreal tomó la forma del pretérito ausente.

Lina atendió y fue cordial con el Señor Linares que, hasta ese momento, nadie había nombrado o recordado.

Hubo tristeza. Hubo tristeza y silencio. Hubo tristeza, silencio y partida. Pero no culpa. Tampoco remordimientos.

Al lunes siguiente, el Señor Linares retornó al trabajo con la novedad de su renuncia. Era lógico y previsible. Un tipo de su talento debía buscar otros horizontes. Había sido contratado por una agencia top de Nueva York. Esa misma semana, partiría sin penas y con mucha gloria. No podía estar más contento por él. Y por Lina también. Se iban juntos. Iba a extrañar al Señor Linares. A Lina, ya la extrañaba desde antes.

Todo siguió su curso en la oficina. Me ascendieron al puesto vacante y fui el jefe por más de un año. La agencia siguió teniendo nuevas cuentas y se incrementó el nivel de ganancias.

Asistí a un congreso mundial en Madrid. Todos los genios de la publicidad se encontraban allí. El Señor Linares era uno de los oradores principales, sus teorías brillantes y su locuacidad convincente enamoraban al mundo de los creativos. Durante un receso me acerqué a saludarlo; no era el único, todo el mundo quería un poco de él. A pesar de eso, él fue quien se acercó a mí esquivando gente y preguntas. Me dio un abrazo y lo sentí muy fraternal, era una alegría encontrarme con mi mentor. Estaba al tanto de mis progresos; y yo, de los suyos. No fue una charla entre profesionales, sino entre dos viejos amigos. Estaba a punto de preguntar por ella, cuando apareció detrás del Señor Linares. El aire neoyorquino le sentaba bien, su belleza exótica irradiaba energía en el ambiente. Nos saludamos, pero las palabras fueron torpes, con emoción pero sin sentido práctico. Creo que todo fue dicho con los ojos. Nos miramos durante todo el tiempo, incluso cuando el Señor Linares nos dijo que debía irse a una conferencia.

El Señor Linares no es ningún tonto, creo que lo sabe, no porque Lina se lo haya dicho, sino porque es demasiado inteligente y perspicaz. Su última frase, *"Seguro tienen mucho de qué hablar"*, sonó muy profunda en nuestros oídos. Ni siquiera lo dijo de manera preocupada, sino con el sentido grandioso de la comprensión y el entendimiento. De alguna manera, me lo esperaba.

No hice ningún comentario sobre mi nueva oferta de trabajo. Durante el congreso, una agencia muy importante me ofreció un cargo en Nueva York. En la misma ciudad donde viven el Señor Linares y Lina. Esa compañía compite directamente con la del Señor Linares. De ahora en más, trabajaremos en veredas opuestas.

Nunca me sentí un traidor, ni ahora ni antes.

Incluso siendo su oponente seré leal y respetuoso, y ojalá nunca pierda su amistad.

Oro y rubíes

—¿Y por qué debería darte un empleo?

—Don Antonio, no tiene ninguna obligación de darme un empleo. Pero escuché que usted ayuda a los que vienen de Aguascalientes. Es lo que mi difunta madre solía decir cuando alguien mencionaba su nombre.

Don Antonio observó al joven a través de una nube de humo de cigarrillo.

—¿Quién fue tu madre?

—Eradia del Monte. Ella me dijo que usted era un buen amigo de la familia.

—Sí, me acuerdo muy bien de tu madre y de tu familia. ¿Qué hay de tu padre?

—Nunca conocí a mi padre.

Don Antonio estudió los gestos del joven como si le trajeran recuerdos. Aquellas facciones le resultaban extrañas; hasta el acento de su propio pueblo le sonó desconocido. Sin embargo, algo en el joven despertó su curiosidad: un brazalete de oro y rubíes le colgaba de la muñeca derecha, un brazalete decididamente femenino.

—¿Y qué quieres hacer en Chicago?

—La cosa no está fácil allá, no hay trabajo. Después de que mi madre falleció no encontré motivos para quedarme. Ella siempre dijo que si me venía, usted iba a ayudarme.

—¿Y cómo te llamas?

—Jacinto. Jacinto del Monte.

—Mira Jacinto, en el pasado he ayudado a muchos compatriotas. Hoy la situación es diferente. Espero que entiendas. Vuelve mañana, tal vez haya algo.

Don Antonio se sorprendió de que el joven le extendiera la mano. Nadie se tomaba esa confianza con él. Correspondió el saludo aunque fijó la vista en los reflejos del brazalete, como hipnotizado por la mezcla de los rojos y los dorados.

Después de que el joven se marchó, otro joven que había permanecido en silencio en una silla detrás, se acercó hasta don Antonio. Apoyó las dos manos en el escritorio con el ceño fruncido y aire suficiente.

—No tenemos lugar para uno más.

Don Antonio aspiró el cigarrillo tomándose un tiempo para contestar.

—Marcio, eres mi hijo, pero aún yo tomo las decisiones en este lugar —dijo sin observar nada en particular, como si pensara en voz alta.

El hijo masticó las palabras que le quedaron en la garganta; al marcharse, cerró la puerta de la oficina con una suavidad que contrastaba con sus sentimientos internos.

Don Antonio dejó el cigarrillo en el cenicero y siguió con la mirada la columna de humo que se elevaba hacia el cielorraso. Observó aquel techo como si no fuera el de la oficina, sino uno perdido en la lejanía de su propia memoria.

Desde siempre don Antonio era el primero en llegar y el último en irse. La fábrica era algo más que un negocio o un medio de vida. Representaba toda la esperanza y el sacrificio de los últimos veinticinco años. Cómo explicarle a nadie el haber llegado con lo puesto a un país extraño, no hablar el idioma y sufrir la humillación de ser tratado como una cosa y no como una persona. Por eso siempre ayudó a los de su pueblo. Le había relatado a su hijo cientos de veces cómo se sobrepuso a las penurias y se convirtió en un hombre exitoso. Pero Marcio sólo se preocupaba por hacer que los números fueran cada vez más productivos. La sensibilidad no era el fuerte de su hijo.

Los ojos severos de don Antonio vieron como los primeros operarios llegaban a la fábrica, casi al mismo tiempo, llegó Jacinto.

El joven extendió la mano para saludar, pero esta vez, la voz áspera de don Antonio sacudió el aire.

—Aprende algunas cosas si quieres trabajar aquí. Para empezar, quítate ese brazalete. Aquí no lo puedes usar. Cuestiones de Seguridad Industrial.

—Lo siento, —dijo Jacinto al mismo tiempo que se desabrochaba el brazalete— es un recuerdo de mi madre. No volverá a suceder.

Notó el cuidado con que el joven desató la joya y cómo la guardó en un bolsillo interno de su camisa.

Después de unos segundos, y ya más medido en sus palabras, ordenó a Jacinto que fuera con Marcio.

De lejos vio como Marcio lo recibía. No muy entusiasmado, no muy cordial. Hasta podía imaginar el monólogo.

—Haz lo que se te dice y no tendrás problemas. Te estaré observando. Al primer error estarás afuera.

Desde los ventanales de su oficina, don Antonio controlaba el mundo de la fábrica, el rendimiento de las máquinas, la calidad del producto final, lo rudimentario del desempeño de su personal. De vez en cuando, ponía interés en Jacinto. En sus movimientos, en sus maneras, en su timidez para desenvolverse, en su concentración en el aprendizaje.

También observaba a Marcio. Enérgico en todas sus acciones. Más joven que nadie en aquel lugar y al mismo tiempo tan poco flexible ante las situaciones difíciles. Había nacido con el poder en la mano, trataba de justificar don Antonio, aunque sabía que no era suficiente excusa. Marcio gobernaba a través del miedo. Don Antonio sabía que, a veces, el miedo es ingobernable.

Don Antonio aprendió con los años. Se había construido a sí mismo, trabajando a la par de sus obreros y ganándose el respeto en base al sacrificio y la sensibilidad. La palabra de don Antonio siempre fue palabra santa, aunque él no lo fuera.

La virtud de don Antonio fue la de aprender el sistema

y las ventajas que otorgaba. Entre las ventajas que había encontrado, la que más le favoreció, fue la de saber las necesidades de los indocumentados. Él había sido uno.

Invirtió unos pocos dólares en maquinaria vieja. Consiguió mano obra barata y silenciosa. Logró productos de alto precio a bajo costo. El secreto lo aprendió de los dueños de casa, de los nativos, con el provecho de entender a quién venía y qué era lo que estaba buscando. Le costó nada convertirse en patriarca, en voz, en benemérito de esa gente. Su gente.

El ascenso fue súbito.

Al terminar la jornada, los trabajadores fueron retirándose uno a uno. El último fue Jacinto que, antes de cruzar el umbral y bajo la mirada Don Antonio, se colocó una vez más aquel brazalete de oro y rubíes.

—Que te ha parecido el nuevo muchacho —preguntó a Marcio.

—Nada especial.

Don Antonio se lamentó que Marcio no tuviera el mismo ojo crítico que él. A veces, pensaba que no tenían nada en común.

Las escasas tensiones entre el personal y el patrón de la fábrica, no se debían a incrementos salariales o a un posible mal trato. Los temas de discusión siempre rondaban por la Seguridad Industrial.

Toda la maquinaria estaba cerca de ser obsoleta. Esto, sumado a la impericia de gente no calificada, provocaba que cada tanto sucediera algún accidente. Ahí era cuando los ánimos estaban más caldeados.

Un dedo había sido cercenado.

Todos los trabajadores estaban alterados con el accidente del día anterior. Un operario, que cumplía su decimosexta hora de trabajo, perdió el control de sí mismo vencido por el sueño y dejó que accidentalmente la sierra le arrancara un dedo. Ya nadie recordaba la persona quemada del mes anterior.

Una comisión de emergencia se formó para hablar con el patrón.

En vano, Marcio quiso convencerlos de que no era necesario. Trató de explicarles que todo estaba en orden. ¿Acaso el accidentado no estaba bien atendido en la clínica? Pero no era eso lo que el grupo buscaba. La horda quería respuestas y no las quería de un príncipe, sino, del rey mismo.

Ante el tumulto de gente, don Antonio bajó despacio por las escaleras. Sin bajar la cabeza. Sin dejar de mirar a cada uno de ellos. Sin dejar de reprender a Marcio con la mirada por la falta de control de aquella chusma.

También miró que en el fondo, la cabeza de Jacinto que se asomaba entre tímida y curiosa.

No bajó todos los escalones, deseaba tener una buena visión del grupo. Esperó a que alguien hablara. Se dedicaría a escuchar, a esperar que descargaran su furia. Después, sería mucho más fácil manejarlos.

Nadie se decidía a hablar.

—¿Y bien? —tuvo que decir finalmente para forzarlos.

—Patrón, usted sabe de qué queremos hablar —dijo alguien agachando la cabeza.

Don Antonio no contestó.

—Es que tenemos miedo, patrón, que algún día uno se pueda morir aquí mismito, patrón.

Hubo silencio. Don Antonio escuchaba sin hacer ningún gesto.

—Si no se hace algo pronto patrón, vamos a tener que irnos, patrón.

Don Antonio observó a Marcio que también había agachado la cabeza.

—¿Adónde vamos a ir? —dijo una voz desde el fondo— yo no iré a ningún lado.

Todos se dieron vuelta para ver quién hablaba. La voz de Jacinto había perdido la timidez.

—Todos aquí le debemos mucho a don Antonio. Él nos ha ayudado desde el día que llegamos, con trabajo, con vivienda, con sus buenos consejos. No podemos pagarle así. ¿Qué queremos, que venga La Migra y nos mande de vuelta? El accidente fue un descuido, pero no de don Antonio. No seamos ingratos. Lo mejor que podemos hacer es cuidarnos y devolver todo lo que nos ha dado.

El murmullo fue dispersando a los trabajadores. En grupos, fueron volviendo a sus puestos. Al final, sólo quedó Marcio que, bajo la mirada pétrea de su padre, se escondió en los gritos de arenga a los trabajadores.

Desde la escalera, don Antonio vio cómo todo volvía a

la normalidad. No evitó sentir algún orgullo. No se había equivocado. Se felicitó por haber visto desde el principio la buena madera de Jacinto. Al volver a la oficina, ordenó a un ayudante que aumentaran el sueldo del muchacho nuevo.

La jornada terminó. Los obreros se iban y don Antonio los acompañaba con la mirada. Como el día anterior, Jacinto fue el último.

—Jacinto, dime, cuántos años tienes —inquirió don Antonio.

—Veinticuatro —contestó con voz tranquila el joven, mientras se colocaba el brazalete en la muñeca.

Don Antonio lo vio irse. Su cabeza asentía con entusiasmo.

—No estoy de acuerdo.

—Tú nunca estás de acuerdo.

—Tiene sólo un mes en la fábrica

—Tiene el talento que le falta a muchos. Aprende rápido y es listo. Y tú mismo has visto la relación que tiene con el personal. Respetan su opinión.

—Igual creo que es muy temprano para ascenderlo a supervisor. Te generará conflictos con los más antiguos.

—Ya está decidido; además, tú seguirás al frente de todo. Le daremos un mes, después, será tu ayudante.

Don Antonio supo que su decisión tendría reservas. Pero confiaba en Jacinto. Estaba apostando fuerte frente a su propio hijo; aspiraba a que Marcio aprendiera la lección.

Las primeras semanas fueron alternándose con pequeños accidentes laborales, nada grave. Un corte en un brazo por un alambre mal ubicado, un vidrio de una ventana que cayó en la espalda de un empleado. Todo controlable, pero don Antonio debía demostrar que tomaría cartas en el asunto. El descontento crecía. Cualquier despechado podía hacer una denuncia sobre las condiciones de trabajo, llamar a La Migra, o peor, dar aviso de la evasión de impuestos.

Llamó a la comisión de emergencia para una junta informativa.

Mostró unos papeles en inglés que muy pocos podían leer.

—Aquí están los créditos que he pedido. Vamos a renovar y modernizar la fábrica. No sólo vamos a rendir más y mejor, sino que también de manera segura. Con maquinaria nueva, no habrá más accidentes. Y si los hay, estamos negociando un contrato con el mejor hospital de la ciudad para que atienda a nuestra gente. Ya no habrá problemas para nadie. Pueden volver a trabajar tranquilos, como siempre lo han hecho.

Don Antonio vio que había algunas dudas en la gente de la comisión. Al ver que lo dicho no había suficiente, sacó a relucir sus dotes de caudillo.

—Además tengo una sorpresa. Hemos tenido un buen año y el éxito es también de ustedes. Por eso, daré un aumento del dos por ciento ahora y, en los próximos meses, llegaremos al cuatro.

La cara de sorpresa de los trabajadores fue la señal de victoria que don Antonio estaba esperando. También notó la desazón de Marcio, que desconocía esa decisión.

Don Antonio supo que Marcio vendría después a reprocharle aquella sangría en las cuentas de la fábrica. Pero con Marcio, debía hablar de otros temas.

—Hablaremos luego —le dijo a su hijo.

La ola de gritos llegó desde el fondo de la fábrica. Los gritos sonaron deformes, como en una superposición de planos entre realidad y fantasía.

Los pasos apurados subían la escalera con desesperación y desaliento.

—¡Está muerto! ¡Está muerto!

La comisión bajó tan pronto que se agolpó en la escalera casi cómicamente.

Don Antonio se quedó en su sillón esperando que el tumulto abandonara la oficina. El último en salir fue Marcio que aún interrogaba a su padre con la mirada.

Después de la estampida de personas, cautamente, don Antonio se encaminó al lugar del accidente.

Caminó despacio, como si fuera un perito estudiando la situación. De lejos vio que Marcio le hacía señas algo agitado.

—Papá, esto es grave. Cayó una de las columnas de hierro, no me preguntes cómo, no lo sé. Le aplastó la cabeza. Está muerto.

—¿Quién es?

No necesitó que le respondieran. El grupo de personas

se abría a medida que él avanzaba. Pudo ver el cuerpo de Jacinto aplastado por varias toneladas de hierro. Algo de sangre manchaba el piso.

Se agachó junto al cuerpo y lo miró sin demostrar emociones.

De repente, introdujo su mano en la camisa abierta y ensangrentada. Del bolsillo interno sacó el brazalete que tantas veces le había llamado la atención. Lo estudió así como estaba, empapado en sangre, con los brillos apagados, en medio de un silencio que nadie se atrevió a romper. El rostro de jacinto parecía mirarlo.

Don Antonio se levantó y mantuvo el brazalete en la mano. Caminó hasta la oficina seguido tan sólo por la mirada de Marcio que, de a poco, se llenaba de incertidumbre.

Se sentó en su escritorio pesadamente. En su mano, el brazalete bailaba entre los dedos y las manchas de sangre.

Por la puerta se asomó su hijo. En silencio, Marcio se aproximó hasta estar frente a su padre.

—Papá. ¿Hay algo que quieres decirme?

Don Antonio no miró a su hijo. De un cajón sacó un estuche de terciopelo azul algo viejo y empolvado. Puso en él el brazalete y lo cerró como si cerrara un ataúd.

—Olvídalo, hijo. Olvídalo.

Responsabilidades

Apenas segundos, quizás cincuenta, no más. Otra vez controla la hora. La mano derecha no suelta la muñeca del brazo izquierdo. Exactamente, lo que sostiene es el reloj de pulsera, y sosteniendo el reloj de pulsera trata de sostener el tiempo. Lo aprieta con fuerza, con la fuerza de un dios pagano. Pero no es suficiente. El tiempo se le pegotea entre los dedos como granos gruesos de azúcar.

Manuel mira por la ventana. Las calles de esa ciudad lo asustan. En realidad, no lo asusta esa ciudad, ha estado varias veces en Miami, pero con diferentes estados de ánimo. Esta vez trajo a su novia, Esther, pero no es un viaje de placer, sino un viaje de dolor, consecuencia del placer. Manuel mira otra vez la hora.

Faltan minutos para que Esther entre al quirófano, minutos interminables, minutos crueles, minutos estirados en días, meses, años. Se siente cansado, inerte, vulnerable. Esta vez no mira el reloj, no necesita saber cuántos segundos han pasado, siente que ha sido una eternidad.

Hay otra gente sentada en la sala de esa clínica, pero no la ve, sólo ve a Esther que oculta su cara entre las manos.

La oculta del temor, de la vergüenza, de la distancia de su México natal, y de la falta de su madre.

¿Hacía cuánto que su madre había fallecido? Tanto tiempo que Manuel consulta su reloj de pulsera para saberlo, las agujas sólo delatan angustia.

Escucha un sollozo ahogado, no es de Esther, pero le llega al alma, le llega como llanto de niño, de niño desesperado, de niño moribundo. Encuentra un reloj incrustado en la pared, ahora falta menos, parece decirle. Pero no le dice nada, tan sólo lo imagina.

La operación tomará unos veinte minutos, dijo el doctor con acento cubano. En Miami, todos tienen un acento que es de otra parte. En México esa operación no es posible, no es legal, no es moral. Se pregunta el porqué de las morales, por qué en un país algo es correcto y en otro no. Parece buscar la respuesta en el reloj incrustado en la pared, pero sabe que nadie podría contestarle esa pregunta.

Manuel observa el reflejo del reloj de pulsera en el ventanal de la clínica y recuerda. Recuerda a Esther y a sí mismo. Recuerda a su propia madre, tomando la decisión de seguir con el embarazo de su hermano. Pero recuerda también que las circunstancias son distintas.

Por una puerta ve venir al doctor que habla español con acento cubano; es moreno, y eso hace resaltar más su sonrisa limpia y blanca. No hace falta que le diga que es la hora, lo sabe por las interminables miradas al reloj en su muñeca y al incrustado en la pared. Sabe que Esther yace petrificada a su lado. Sabe también que la musculatura de su cara permanece rígida e inmutable, lo sabe porque a él le sucede lo mismo. Consulta su reloj, pero no sabe por qué. Tal vez porque le pesa, o tal vez porque lo siente lento, como si las agujas caminaran en algo denso y oscuro. Pero sabe que no es así, es tan sólo una sensación.

A Manuel le tiemblan las piernas, se imagina las de Esther temblando también. Mira a Esther y no sólo le tiemblan las piernas, sino que, además, deja caer lágrimas en ritmos de tiempo que su reloj no puede medir.

El doctor que habla con acento cubano los llama, el quirófano está esperando.

Manuel se acerca a Esther y le toma las manos. Se miran con dulzura espantada. Él la ayuda a ponerse de pie. Ella apenas resiste con gemidos.

Se detienen. Se observan. Se acarician los rostros con suavidad, con amor sincero, con amor más allá de la carne.

Él golpea su uña contra el cristal del reloj de pulsera. En una hora sale un avión para el D.F., tomémoslo, dice con convicción. Ella asiente con respeto y alegría. De la mano y pensando tan sólo en el nuevo futuro, se alejan en busca de la calle.

El médico con acento cubano hace lucir su dentadura en una sonrisa. De reojo, se fija en el reloj incrustado en la pared y llama al próximo paciente.

En el cementerio

Alguna gente piensa que Indiana es un estado sin gracia, creo que dicen eso porque no lo conocen. Sus campos sembrados de maíz y soja le dan un matiz enigmático. Todos lo juzgan de aburrido visto desde una carretera. Seguramente no han pasado por sus parques, o sus bosques. Creo que el verde *hoosie* es diferente, con una tonalidad peculiar, sobresaliente del resto de los verdes. Tuve la suerte de conocer esta región por Janus, mi esposo. Él nació aquí.

Extrañamente conocí a Janus en esa mole de cemento que es Buenos Aires. Yo estaba aprendiendo español y él trabajaba como representante de una empresa de computadoras. Nos casamos y decidimos vivir allí un par de años. Teníamos buenos trabajos, él en lo suyo y yo enseñando inglés. En nuestras primeras vacaciones fuimos a conocer a su familia, una presentación oficial. Después de las formalidades quisimos pasar unos días de camping. Elegimos para acampar el lago Yellow Wood, en un espacio frente al lago. Los colores de aquel lugar eran increíbles. Las flores parecían de un cuadro de Van Gogh. Como el lugar era un vértice del lago, la vista dominaba todo el contorno. Los pinos se estiraban para tocar el agua. En las orillas sin árboles, los camalotes ocupaban el espacio en una combinación de verdes, con flores blancas y amarillas. Parecía que todo desafiaba al ojo a comprobar, si el espectro del arco iris estaba allí.

Janus intentaba preparar una barbacoa. Juntaba leña por el bosque, pero como había llovido la noche anterior todo permanecía húmedo. Me conformaba con un sándwich, tenía lo necesario para un día perfecto. Él conmigo, un cielo espléndido, un lugar soberbio tocado por la mano de Dios. Quería disfrutarlo a pleno, retener en la pupila los pliegues de las colinas, introducirme en los recovecos ocultos para observar la tierra precipitarse en el lago. Las colinas de Brown County son las únicas que hay en Indiana, no son altas pero sí compactas, adustas, alfombradas de pinos y sol. Todo indicaba un brindis con la naturaleza. Recordé que teníamos vino tinto, después de dos copas podría pasar cualquier cosa, pero eso sería después. Me dispuse a caminar, tener otros puntos de vista del lago. La comida estaría lista en más de una hora, el fuego se negaba a arder, Janus aún buscaba leña. "Vuelvo dentro de un rato", lo saludé con la mano y él sonrió.

Tomé un sendero que luego conectaba con una calle de ripio en excelente estado. Desde final de la calle, el reflejo del lago llegaba formidable. Antes de terminar ese tramo, me sorprendió una cruz de casi dos metros de altura. Sus ejes principales estaban sostenidos una base de cemento y piedra. Pretendía estar blanca pero el musgo, la humedad y el tiempo la habían deteriorado. El eje de la cruz tenía escrito en relieve un apellido: Rogers. A pocos metros, estaba la escalera de acceso semioculta por los pastos crecidos. Al principio no me gustó la idea de un cementerio en un parque público, pero a decir verdad, los que tuvieron la idea de enterrar a sus muertos en este lugar acertaron con la decisión. Era un homenaje al descanso eterno. Antiguamente, era común enterrar a los muertos en la misma propiedad. A lo mejor esta tierra había pertenecido a la familia Rogers y luego se convirtió en Parque Estatal, con la condición de preservar los restos de aquellos que dejaron su historia en esos parajes. Me gustaba pensar así. Un trato justo.

Los diez escalones para acceder al cementerio estaban firmes, se podían pisar sin problemas. Al llegar al tope me desilusioné.

Pensé en volver, pero los humanos tenemos una extraña fascinación por la muerte. Algo morboso que nos obliga a preguntar, en algún accidente, si hubo fallecidos. Si algún conocido fallece, interrogamos sobre la manera en que murió; como si hubiera una forma especial de morir. Nos gusta saber detalles, escuchar puntillosas descripciones sobre sus últimos instantes de vida. Si oímos algo como "le falló el corazón", ya no estamos interesados. Caminar por los cementerios debería ser tan sólo un ensayo frágil de lo efímero de nuestros ruidos y de lo largo que serán los silencios.

Algunas de las lápidas estaban destruidas y musgosas. Las dos primeras, muy juntas, pensé en un matrimonio.

Se notaban claramente los apellidos: Rogers, y el año de defunción, 1863. En las siguientes lápidas, las inscripciones estaban erosionadas. La disposición de las tumbas era irregular, no respondía a patrón alguno. Se enfrentaban entre sí, otras se daban la espalda. Interpreté eso como una postura en la vida que continuaba después de la muerte. Sólo era una idea loca.

Llamaron mi atención las fechas de la tumba de alguien llamada Elizabeth, 1897-1900, sólo tres años de edad. La siguiente también era de un niño, pero de seis años. La sorpresa mayor fue comprobar que el resto de las lápidas pertenecían también a niños que no superaban los nueve años. Había tres fallecidos el mismo día en que nacieron. Las piernas me temblaban. Creí que los pliegues de las rodillas se vencerían en cualquier momento dejándome desplomada sobre el césped. Quedaban sólo dos epitafios por leer. Eran de dos niñas. Una llamada Julia, fallecida un día después de nacer. La otra, con el nombre de Eleonor, nacida el mismo día, quizás melliza de la primera, pero muerta una semana más tarde. Giré sobre mi misma, estaba rodeada de niños muertos. De las veinte lápidas, había contado catorce niños y sólo dos adultos, las restantes eran ilegibles. La familia Rogers tenía una extraña fatalidad o el fallecimiento prematuro era algo habitual en la antigüedad.

Un murmullo me sobresaltó. Había sonado como una risa. Me asusté, quise irme, no pude dejar de mirar alrededor. Nombres, fechas, un cementerio de niños. No podía recordar la orientación de las tumbas, algunas me parecieron cambiadas, como si me miraran con ojos inocentes, con ojos de niños. Un fuerte dolor en los ovarios hizo que llevara las manos hasta el vientre. Lloré sin saber por qué, decidí que era tiempo de irme. Al llegar a la escalera de acceso me di vuelta. El cementerio estaba allí. Volvió a ser un manojo de lápidas envueltas en el pastizal. Alguien debería limpiarlo. Recordé la risa que me había parecido escuchar y pensé que los niños son traviesos por naturaleza, les gusta recibir un poco de atención, jugar con los adultos y con nuevos niños.

La sensación de tristeza desapareció con el último escalón. Inconscientemente, mis manos aún sostenían el vientre.

No creo estar embarazada. Yo sé que no es tiempo. No sé, no creo. Pero si tuviera un hijo varón me gustaría llamarlo Roger. Tal vez debería hablarlo con Janus.

Visa para un sueño

"...mil papeles de solvencia
que no le dan para ser sinceros"
Juan Luis Guerra

—¡Kelvin! ¡Kelvin! Presta atención a lo que te digo, deja esas ideas raras. Lo más probable es que acabes muerto por insolación o peor, como comida para tiburones —grita Maraella desde la baranda de la costanera.

El joven no responde. Tiene los ojos clavados en los brillos que el mar le devuelve. En realidad, Kelvin ve algo que no está allí. Ve una yola cargada de sueños que se atreve a desafiar el mar Caribe.

"...el sol quemándoles la entraña, un formulario de consuelo, con una foto dos por cuatro, que se derrite en el silencio"

El joven es el único que no se divierte en la fiesta. De hecho, es como si no estuviera; sí, el cuerpo moreno y modelado por horas de playa y baile está allí, diciendo presente y ocupando el espacio físico indispensable para la diversión, pero en mente y alma, mastica una impúdica sobredosis de incertidumbre.

—Ven aquí hombre, pronto empezarán las bachatas —dice Maraella, y trata de enmascarar su angustia detrás de un sorbo de cerveza.

Maraella se apoya en la baranda que da a la playa y mira el mismo sol que mira Kelvin. Extrañamente, sabe que no es el mismo sol.

En la glorieta cercana, una banda se prepara para tocar: hay congas, trompetas, contrabajos, cables que recorren el lugar como víboras delgadas y sin fin, gente que no pierde el entusiasmo a pesar de los sinsabores. A veces, a Maraella le gustaría vivir en una Santo Domingo imaginaria, en la Villa Francisca de Veloz Maggiolo, en aquellos barrios poblados de héroes ignotos y cuerdos que desafían la locura cotidiana. Pero no es posible, y se tiene que conformar con los locos reales que alimentan la inventada cordura.

A Kelvin le han rechazado la visa. Lleva años planeando ir a Nueva York.

—¿Y qué coño harás en Nueva York? —lo increpa Maraella.

La respuesta es la de siempre. El primo que tiene allá desde hace veinte años y que no conoce, va a ayudarlo a conseguir un empleo. El problema es que el tiempo pasa y la visa que le niegan parece viajar en una yola tan inmensa como la de sus sueños.

"...con una visa de cemento y cal, en el asfalto, ¿quién me va encontrar?"

Kelvin se recrimina haber abierto la boca frente a Maraella. Cuando habló de la yola, ella empezó a los gritos, se enloqueció diciendo que la mayoría se muere en el mar sin llegar siquiera a la mitad del trayecto.

Y en parte tiene razón, sólo en parte, piensa Kelvin.

El sol ya casi roza esa línea a lo lejos donde el cielo y el mar se tocan, Maraella piensa que debe haber una gigantesca ranura donde el sol cae como si fuera una moneda que hace funcionar la noche. Se deja envolver por la brisa que le trae la sal, el murmullo de las olas y el aroma del cuerpo de su hombre. Bebe otro trago de cerveza y suspira por las incertidumbres de Kelvin.

Ambos se conocieron en un baile. No le suena romántico decir cómo se conocieron, allí todo el mundo encuentra su pareja en un baile. Y si hay compatibilidad para bailar, todo lo demás es más fácil. Recuerda que en los mejores momentos que pasaron juntos siempre tuvieron música; moviendo los cuerpos al compás de los merengues y después al ritmo de sus propias ansias, en un baile horizontal y exclusivo para ellos.

Se sorprende al entender que lo único que tienen en común es el baile. Por lo demás, cada uno imagina su vida en dirección diferente. Él se quiere ir, ella quedarse. Él quiere vivir en Nueva York, ella en Santo Domingo. Él bebe ron, ella cerveza. Y así en casi todo, excepto cuando bailan, cuando el mundo entero se detiene y los problemas no existen, y las mentes en blanco manejan con destreza los movimientos de cintura y caderas.

Maraella mira la banda y están casi listos. Ruega a algunas de las tantas vírgenes a las que le suele rogar que la música empiece pronto, para que Kelvin vuelva de aquel hechizo de mar y de viajes sin retorno.

Maraella termina su vaso de cerveza, ve que el sol ya casi desaparece en la ranura imaginaria. Extrañamente, sabe que no es el mismo sol que mira Kelvin.

El sol de Kelvin ilumina la yola que sale desde alguna playa cercana, y viaja varios días hasta Puerto Rico; de allí, quién sabe cómo llegará a Nueva York. No piensa en el agua, ni en la comida, ni en los tiburones. Para él, esas cosas suceden en películas o a gente oriunda de quién sabe qué pueblo del interior.

"...y uno a uno al matadero, pues cada cual tiene su precio..."

El cantante de la banda saluda a los asistentes y anuncia una canción de Juan Luis Guerra. Maraella, contenta, recibe a su hombre que no sonríe, pero que al menos se muestra abierto a la música y al consuelo de los brazos que le ofrece.

Juegan a adivinar el tema con que empezará la banda, él sugiere "Burbujas de amor". Ella prefiere "Bachata rosa", pero se conforma con cualquier cosa que les levante el ánimo.

Se funden en un abrazo justo cuando los sones empiezan a llenar el aire fresco de la playa. Los acordes de "Visa para un sueño", queman los pasos inciertos.

Vulnerables

Lo notó desde el primer día, algo funcionaba mal, aunque no sabía qué. No le molestaba que el auto se pudiera parar en cualquier momento, sino que los reproches de su madre, sentada a su lado, serían interminables.

Marcos aún recordaba la reprimenda cuando se apareció en la casa con ese viejo Ford Falcon. No le importó que el carro lo doblara en edad, o que no pudiera definir el color, porque las reparaciones y las diferentes pinturas se notaban por toda la carrocería; le fallaban algunas luces y los frenos no garantizaban nada. Pero, ¿a quién le puede importar todo eso cuando se compra el primer carro?

Ningún comentario lo amedrentó.

Le había costado mucho trabajo reunir los quinientos dólares para comprarlo. Los juntó trabajando los fines de semana, siendo mesero en alguna fiesta o, a veces, conduciendo hasta el hospital a *Miss Ann*, la madre del casero del edificio donde vivían.

Le preocupaba esa especie de tos que el carro desprendía; sentía los tirones del auto, como si fuera a detenerse en cualquier momento. Pensó que podía ser el carburador, pero lo había limpiado el último fin de semana. Después pensó en la bomba de gasolina, pero el antiguo dueño la había cambiado dos semanas antes de vendérselo a él, le había puesto una usada, pero en buenas condiciones, según dijo. Definitivamente, el problema estaba en el suministro de combustible, diagnosticó seguro de sí mismo. Tiene que ser eso, se repitió en voz alta, haciendo que la madre girara su cabeza interpretando que le había hablado a ella. Nada, nada, le dijo, para que no lo tratara de loco.

—Es que creo que la gasolina llega sucia al motor, tú sabes, como es un carro viejo debe tener basura o quizá, óxido en el tanque, por eso la gasolina no llega bien —dijo como para justificarse.

Su madre apenas pestañeó, luego giró su cabeza como para observar el paisaje y decir lo que era obvio: Te lo dije.

No quiso darle al carro la oportunidad para detenerse, a duras penas entró en el estacionamiento del *Home Depot*.

No se sorprendió al ver mucha gente apiñada alrededor de los camiones o camionetas; lo veía muy seguido, todos tratando de conseguir un día de trabajo en alguna obra, o cortando el césped, cualquier cosa venía bien con tal de conseguir algo para llevar a casa.

Marcos se sintió aliviado de que él no tuviera que hacer eso, pero se preguntó cuantas veces su padre fue uno de ellos, buscando trabajo por un día, en aquellos primeros años en Los Ángeles cuando escaseaban dinero, comida y esperanza.

Eligió entrar al estacionamiento porque si se detenía en

la calle, seguramente la policía se acercaría para "ayudarlo". Lo que significaba no la deportación, eso no le preocupaba, sino que le pedirían al menos doscientos dólares para no decomisar el auto y llevarlo preso por no tener licencia de conducir. Y en ese momento no los tenía.

Se bajó con movimientos rápidos, se puso frente al auto y abrió el capot para ver el motor. Se disponía a poner la traba pero vio, a través del parabrisas, la cara de su madre que lo miraba; entre ellos, una estampa de la Virgen de Guadalupe. La misma estampa que su madre le había regalado para su primera comunión ahora se interponía entre ellos.

Trabó en capot y sacó la manguera de combustible con la idea de purgarla de cualquier basura que tuviera dentro. No pudo evitar los recuerdos de la agria discusión entre sus padres, un año atrás, cuando su madre empezó a visitar aquel templo de La Nueva Orientación.

Marcos no entendía el cambio de su madre, y menos entendía a su padre, que si antes hablaba poco, menos se interesaba por hacerlo ahora. Sólo hablaba de vez en cuando, mayormente durante sus ataque de ira, donde repetía constantemente que desde que habían llegado a Los Ángeles, todos se habían vuelto locos.

Su madre tenía un hábito extraño: a pesar de haber cambiado de religión, una religión que no aceptaba la existencia de la Virgen, cada tanto limpiaba el cuadro de la Virgen de Guadalupe, y decía cosas en voz muy baja, pensando seguramente que nadie la veía. Marcos le preguntó más de una vez si estaba rezando pero, con parquedad, la madre le contestaba que se metiera en sus asuntos.

El truco de la manguera surtió efecto, el auto arrancó sin problemas y finalmente fueron a hacer las compras a ese supermercado que vende casi las todas cosas por menos de un dólar. Era domingo, el día en que su hermano volvía después de estar un año en Alemania de entrenamiento en el *Army*. Todo sería como antes, comerían carne de cerdo, la favorita de José, su hermano, se sentarían a la mesa, todos hablarían, incluso su padre, que pediría una cerveza y que le pasaran el guacamole; le encantaba el guacamole, siempre se comía todo el bol él solo, era una espectáculo que todos disfrutaban. Marcos rogaba que Lupita, su hermana, se dignara a hablar español. Él no recordaba cuando había sido la última vez que Lupita había hablado en español. Era la única que había nacido en Estados Unidos. La única que no tenía problemas de papeles, al menos hasta ahora, por que José el hermano que estaba en el *Army*, tendría los suyos al terminar el servicio, después de todo, para eso se había incorporado.

Lupita, como toda adolescente, era rebelde, a tal punto que decía que se había olvidado de hablar español. A todos, eso los tenía intrigados. Si bien no se le escuchaba una palabra en español desde hacía cuatro años. Una amiga una vez hizo una broma que estaba saliendo con un nuevo 'amigo' mejicano, recién llegado del D.F.; si era que no se acordaba, aprendió de golpe para hablar con el chico que le gustaba. Igualmente, a la hora de sentarse a la mesa, el caso era patético, el padre no hablaba inglés, la hija rehuía hablar español, y la madre bendecía la comida con un rezo que nadie conocía ni quería conocer.

Marcos estaba contento, porque la llegada de José pondría las cosas en su lugar. Cada uno recordaría dónde estaban situados y de dónde provenían.

A su padre se le iría el mal humor. Su madre no mezclaría todo con la visión mesiánica de su nuevo pastor. Lupita sería amable y respondería, al menos en inglés, los favores que se le pidieran. José querría ver al Guadalajara ganarle al América. Y él estaría más contento que nunca, ofreciendo cervezas, alabando la comida, hablando con todos, en el idioma que quisieran y todo volvería a ser como antes.

A Marcos, pensar en ello le había abierto el apetito.

En el supermercado habían comprado varias latas de frijoles con cerdo, la madre dijo que se ahorraría fácilmente unas dos horas de cocina y varias ollas para lavar. También encontraron frascos de chile, de pepinos, bolsas de tortillas, guacamole y nachos congelados.

—Mamá, esto no le va a gustar a José.

—No notará la diferencia, te lo aseguro.

Marcos no quiso discutir. Tuvo claro que José estaría contento de estar en casa. Después de comer, después del partido de fútbol, tal vez irían juntos al parque donde solían ir de pequeños, ahora en su nuevo auto, ambos orgullosos de las vidas que estaban llevando, siendo hombres que respetaban de dónde venían y hacia dónde se dirigían.

La cuenta del supermercado fue astronómica, más del

triple de lo que se tenían permitido gastar, pero la ocasión lo justificaba. Pagaron en efectivo; se sonrieron cuando la empleada les preguntó si pagarían con tarjeta de crédito, esos lujos estaban lejos de su presupuesto.

Las bolsas sumaban casi dos docenas, no sin esfuerzo, entraron en el baúl del auto. El viaje de regreso fue un concierto de: ¡Cuidado!, ¡Vas muy rápido!, ¡Viene otro carro!

La paciencia de Marcos se estaba colmando. Por suerte llegaron pronto al edificio y Marcos quiso entrar por el *alley*, la calle trasera, que era más cómoda para acarrear las bolsas. La madre tomó algunas, pero su naturaleza frágil no le permitía llevar demasiado.

Marcos, con una docena de bolsas en sus manos subió los tres pisos hasta llegar al último departamento.

En el patio trasero, su padre estaba sentado en silencio bebiendo una cerveza; en una mesa a su lado, yacían dos envases vacíos.

Dejó las bolsas en la cocina y vio que su madre estaba cubierta de lágrimas, pero no lágrimas de tristeza, un tipo de lágrimas diferente a las que estaba acostumbrado a ver.

Desde el salón de estar llegaba un sonido confuso, un sonido entremezclado de diferentes voces y extraños tonos, que se esparcían indiferentes por los ambientes de la casa.

—Tu hermano está en casa —dijo la madre de Marcos entre llanto y sonrisas.

Marcos se acercó hasta el salón de estar. La televisión disparaba alegremente comentarios sobre un partido de *Football* entre un equipo de Colorado y otro de Florida.

Sentado frente al aparato, José, el hermano de Marcos observaba, ese programa entre absorto y perdido.

Al verse uno al otro, José se puso de pie y abrazó a Marcos. José no se había cambiado de ropas, por lo cual vestía su impecable uniforme del ejército. Le sentaba muy bien, aunque a Marcos le costó verlo sin el abundante cabello que normalmente llevaba su hermano.

José invitó a Marcos a ver el juego, por lo cual se sentó de nuevo y quedó compenetrado con la pantalla.

Marcos no pudo evitar ver los restos de comida rápida en la mesa del salón de estar. Los restos de hamburguesas, papas fritas y soda, andaban por doquier.

—Siéntate —dijo José señalando uno de los sillones pero sin dejar de ver la pantalla.

—Debo ir por más bolsas —contestó Marcos aunque se quedó allí mirando a su hermano que no despegaba lo ojos del televisor.

—Gusto de verte de nuevo, José —dijo Marcos al mismo tiempo que tocaba el hombro de su hermano.

José sonrió y respondió apenas con un balbuceo incomprensible.

Marcos bajó las escaleras y vio de reojo que su madre limpiaba la imagen de la Virgen de Guadalupe; no se animó a leer las murmuraciones de su boca, sabía qué era lo que estaba diciendo. Pasó junto a su padre como si fuera una mueble más de ese patio vacío de emociones. Bajó los tres pisos y escuchó la voz de su hermana hablando rápido y en inglés por un teléfono celular. No sabía cómo lo había conseguido, pero supo. sin saberlo, que hablaba de un nuevo chico en el barrio.

Marcos llegó a su auto y se detuvo unos metros frente a él para contemplar su única posesión en la vida. Fue a abrir el capot y pasó los dedos por la rugosa carrocería, como si fuera la piel de la mujer de sus sueños. No abrió el capot. Siguió de largo a la puerta del conductor y la abrió. Se introdujo y colocó la llave como si quisiera encenderlo, de hecho lo hizo, sin saber por qué. Jugó con lo dedos en el volante y simuló hacer cambios de velocidades. Finalmente, mirando fijo a través del parabrisas, puso primera y arrancó sin saber a dónde quería ir.

Repentinamente, había perdido el apetito.

Cuando el espejo habla

Tal vez debería teñirlo, se dice Anselmo, mientras cuenta las incontables canas de su cabello.

Tal vez así parecería algo más joven, quizás diez años menor, se repite como para convencerse de que hay algún antídoto contra el tiempo.

Se estudia con minuciosidad frente al espejo, se revisa el renegrido bigote y busca cabellos blancos; por suerte, sólo encuentra no más que un par a la derecha de la boca, pero esos le gustan; en el bigote los cabellos blancos muestran cierta dignidad, alguna prestancia de hombre sabio, y Anselmo se siente cómodo con ellos, y con la imagen que ha dibujado de sí mismo.

Suenan golpes en la puerta.

Sube los ojos hasta los ojos que le miran desde el espejo y en ese eje de visión, ellos, los ojos, se examinan a sí mismos, como si fueran independientes de la mente y de los deseos de su dueño; se fijan en las venas que rompen la monotonía del blanco cada vez más amarillo, se extienden a lo largo de los globos oculares, tratan de alcanzar el iris.

Las venas son tantas y tan grandes que los ojos temen que algún día todo el ojo se vuelva totalmente colorado.

Anselmo retoma el control de los ojos y los hace circular por la piel del alrededor, controla las arrugas que se esparcen desde el vértice del ojo izquierdo, una, dos, tres. Lleva la visión hasta el otro extremo y repite la misma secuencia, una, dos, tres, cuatro. Se sorprende de aquel espanto de simetría, al mismo tiempo que se pregunta el por qué de tal cosa.

—*Hey Dad, I need the bathroom, hurry up, please.*

Su hijo John, Juan, como Anselmo lo llama, aunque nunca responde a tal nombre, habla tan rápido en inglés que Anselmo no entiende lo que dice. John tiene dieciocho años, la misma edad que tenía Anselmo cuando cruzó la frontera, treinta años atrás. Tanto tiempo que debe tomarse algunos segundos para recordar aquella travesía por el desierto.

Abre la puerta del espejo y busca el cepillo de dientes. Desde el estante de arriba, una caja blanca y negra le llama la atención. La caja contiene el líquido que compró un año atrás, un líquido que cambiaría el presente de su cabello, un líquido para recuperar diez años; al menos, es lo que Anselmo piensa.

—*Dad…*

Cierra la puerta del espejo, y como cada día desde último año, no se decide a usar aquel colorante.

Llena de pasta dental las hebras del cepillo y al introducirlo en la boca, no puede evitar ver que tiene dientes de distintos colores. Ha tenido que cambiar algunos de los originales debido al deterioro, por otros nuevos de acrílico y porcelana. Por un instante, recuerda que por muchos años no se había cepillado los dientes, muchos más años de los que él recuerda.

Termina su ejercicio y después de revisar las encías y de lavar el cepillo, lo devuelve otra vez al interior del espejo. Desde ese interior, otra vez la caja blanca y negra le llama la atención.

—*Dad, please I really need it right now.*

John habla desde la puerta que ha abierto sin golpear, habla en un tono dubitativo entre la angustia y el enojo, pide algún tiempo de privacidad en el baño.

Anselmo estudia las facciones de su hijo como si estudiara las propias frente al espejo, extrañamente ve una cara demasiado extraña. John no se parece en nada a él, es la exacta réplica de la madre. Heredó de ella el cabello rubio y los ojos azules, la piel blanca y las pecas alrededor de la nariz. Nada en John revela su ascendencia latina. Excepto por el apellido. Chávez, John Chávez.

—Ya va Juancito —dice Anselmo, mientras sigue mirándose en el espejo.

La puerta del baño se cierra con cierta violencia, con un dejo de desprecio, tras la espalda de John.

El sonido hace que Anselmo se sobresalte y recuerda que su padre jamás hubiera permitido que alguno de sus doce hijos actuara de aquella manera. Pero su padre era su padre y él es diferente, completamente diferente. Como John lo es de Anselmo.

Con su cara cubriendo un espacio del espejo, se mira tratando de hallar el pasado en un rostro del presente; del rostro del futuro ni se preocupa, lo ve tan distante como a una nebulosa perdida en un mar de nebulosas. Se pregunta qué haría John si tuviera que cruzar el desierto. No encuentra una respuesta, porque sabe que la madre seguramente lo haría por él.

—*C'mon Anselmo, John needs the toilet.*

Ruth, la esposa de Anselmo, siempre sobreprotegió a John de todo lo que estuviera fuera de orden, de los peligros de la calle, de la forma de hablar, de las amistades poco convincentes y, de algún modo, hasta de su propio padre. Cuando Anselmo recuerda a su madre, piensa en las veces que lo defendía de los hermanos mayores, o muchas veces de la ira de su propio padre. No siempre le gustaba que su madre interviniera, eso le quitaba méritos a lo que hacía o dejaba de hacer. Al realizar un balance de sus padres, cuenta como guijarros en la mano los pro que lo llevaron a emigrar. De alguna manera, entre ambos, con actitudes dispares, a veces con indiferencia, a veces con asfixia, empujaron a Anselmo lejos de la casa. Tan lejos que cruzó una frontera, un desierto, una cultura, y jamás regresó al hogar que nunca había sido. Era el hogar de sus padres, no el suyo.

Anselmo hace una mueca frente al espejo que articula todos los músculos de la cara, una mueca de comprensión distante y llena de una particular sabiduría.

Escucha los murmullos que viajan en los pasillos, pero no distingue las palabras; sabe que son comentarios ácidos, los ha escuchado antes, caminando los mismos pasillos que ahora. Siente un pequeño dolor en el pecho a pesar de que no los entiende, pero los asimila.

Él y su hijo son tan diferentes, como él lo era de su padre; la madre de John es tan igual a su madre que siente que, en algún momento, su hijo deberá cruzar el desierto. Un desierto demasiado diferente a que él había cruzado. Pero aún el tiempo no daba pistas de aquello. En alguna forma, no se siente tan distante de su hijo, pero sabe que es sólo un presentimiento.

—*He always does the same thing!* —dice John.

—*Anselmo, I'm getting mad at you!* —grita Ruth al otro lado de la puerta.

Instintivamente, sin dejar de observarse en el espejo, extiende la mano y busca el cerrojo de la puerta. Traba el acceso al baño y no se perturba por los gritos al otro lado.

—*¡Déjense de joder, carajo!* —grita por primera vez en mucho tiempo, algo inusual en él. No por eso se siente mejor o peor, sino que percibe que era necesario hacerlo.

El silencio del pasillo no sale de su asombro.

Treinta años atrás, había descubierto que su casa no era su casa, sino un hogar extraño y hostil. Tratando de cambiar su destino, había partido a lo inesperado. Hoy lo inesperado está al otro lado de la puerta, habitando el alrededor, los pasillos, el hogar que pensaba suyo y que no lo es, en el espejo que le devuelve un rostro marcado por los años de búsqueda estéril.

El espejo le habla a Anselmo de cambios, de esperanzas deshechas y de horizontes desdibujados. Pero ya no hay desiertos, ni fronteras, ni culturas por cruzar. Ya no tiene fuerzas para ello. Piensa por un segundo qué habrá pensado su padre cuando él abandonó la casa sin decir adiós.

—*¡Déjense de joder, carajo!* —repite Anselmo sin fuerza en la voz.

Escucha en silencio lo que el espejo tiene para decirle, le habla de lágrimas que se escapan al otro lado del reflejo.

Detrás de aquellas lágrimas, sabe que lo espera una caja blanca y negra, que quizás le devuelva algunos años, tal vez diez, al menos, es lo que Anselmo piensa.

Svetlana

Ella quiere comunicarse. Se le nota en cada clase la frustración que tiene por no poder hablar bien el idioma. Pero ella trata, como todos aquí en este recinto comunal. Todos tratando de abrirse camino en un nuevo país. Algunos con papeles, otros sin ellos.

Svetlana es de Ucrania, tiene bastante desventaja con respecto a nosotros los latinos. Tenemos nuestros propios negocios en nuestra lengua, nuestras radios y televisión. Hasta el nombre de nuestro barrio se ha adaptado al español. Pero para ella todo es el doble de difícil. Su lengua no esta muy difundida, encima el marido solo habla inglés. Los gringos todavía tienen algo de recelo por los que hablan ruso.

Yo me siento una fila detrás de ella y a la derecha. Veo su progreso desde atrás, siempre en diagonal, siempre mirando aquel perfil de mujer de carácter fuerte. Carácter fuerte y dulce a la vez. Cuando ríe, se muestra distendida, como si no tuviera ninguna preocupación por el idioma, o por los que estamos alrededor. Ella es rubia, muy rubia, sus ojos de un azul muy profundo. Su piel es muy blanca y con algunas pecas cerca de la nariz; en algunos rincones, la vida difícil le ha dejado marcas. Creo que tiene casi cuarenta años, igual no se le notan, le sobra energía, derrocha ganas en todo lo que hace. Diría que es una mujer madura, no en el sentido físico sino en la precisión de alguien que ha vivido y aprendido a sobreponerse a las circunstancias. El haber dejado su país y cultura para casarse con alguien que no habla su lengua, lo demuestra con creces.

Hoy en Svetlana hay algo de tristeza. Fui el único que lo notó. Yo siempre noto lo que le pasa. No dejo de mirarla nunca. Ella es como un termómetro para mí. Si ella está bien, yo estoy bien, si está mal, me pongo mal. Una amiga en común me dijo que tiene problemas con el marido. Es fácil imaginarse por qué.

No conozco al esposo de Svetlana. Tampoco me interesa. Pero al afectar la vida de ella afecta la mía también. Entiendo lo que ella sufre, como no entenderlo si lo vivo desde tan cerca. Yo también necesité un intérprete para comunicarme con la que iba a ser mi esposa.

Una de las cosas que me fascina de Chicago es la cantidad de información que uno recibe por la calle. Miles de panfletos pegados en las paredes, centenares de revistas gratuitas que apestan los negocios, docenas de diarios y periódicos regalando noticias que a nadie le interesan. Y eso me fascina. Se aprende mucho de ellos. Uno aprende y comprende, si mantiene la mente abierta y receptiva. En uno de esos pasquines vi un catálogo de caras de mujeres, todas tenían nombres raros, una se llamaba Svetlana. Todas las fotografías eran acompañadas por una descripción. Lo que sabían hacer, lo que habían estudiado o lo que esperaban del futuro. Todas las tonterías que interesarían a un supuesto marido americano. Para conseguirse una esposa, rubia, alta y bonita, tan sólo se debía pagar unos cuantos miles que, por supuesto, incluían el pasaje de avión. Pensé en Svetlana, no en la de la foto, sino en la de mi clase. Retuve su imagen y respiré profundo. El catálogo fue a parar a un cesto de basura. De repente, el aire se había vuelto frío, algo turbio.

Llegué tarde a la clase, a nadie le importó demasiado, ni siquiera a la profesora. El asiento me esperaba como de costumbre, hice los saludos de cortesía y miré en diagonal. Svetlana estaba espléndida. Sonreía. Su sonrisa me alegró la jornada.

Apenas llegué a los Estados Unidos, alguien me dijo que la mejor manera de conseguir papeles, era casarse con una americana. No tardé en conectarme con alguien que, previo pago de dos mil dólares y la promesa de pasar una mensualidad, se casaría sin problemas. En aquella época no hablaba inglés, no es que ahora lo haga, pero al menos he mejorado bastante. Gracias a eso tengo permiso para trabajar y los papeles de residencia llegarán pronto. No me quejo, no es mala persona mi esposa. Pero ambos tenemos claro que al llegarme el permiso permanente, cada uno seguirá con su camino. Todavía queda un tiempo largo para eso.

Svetlana quiere comunicarse. La verdad, yo también. Hoy me senté a su lado, hablamos mucho. Algunas tonterías y otras cosas interesantes. Después de mucho tiempo, veo en sus ojos un brillo distinto cuando me habla. Tal vez sólo sea el reflejo de mis ojos en los suyos. Creo que no puedo ocultar lo que siento. Creo que ella se ha dado cuenta. Es mejor así. Ella sonríe. No conozco un medio de comunicación mejor que sonreír en silencio.

Los espacios en el medio

Traté muchas veces de advertirle, pero él, ni caso. Qué terco ese muchacho. Reconozco que es fácil confundirse, y más él, que tiene poca experiencia en estas cosas y como todo joven cree que puede llevarse el mundo por delante. No es así. No es que me sobre el roce ni mucho menos, pero hay que ubicarse y yo lo hago. Sé quien soy y dónde estoy parado. Por supuesto que me ha llevado tiempo aprender. Yo también alguna vez fui medio pendejo como el Chony, hasta confesaría que más de medio. Pero yo no tuve quién me guiara; en cambio él...

Mire que creerse más de lo que uno es.

Algo de culpa tiene la señorita gringa también, aunque estoy seguro de que no lo hizo a propósito, y estoy seguro también, de que no se ha dado cuenta de cómo se siente el Chony. Pero yo le dije de antemano que se estaba equivocando, si decidió seguir adelante con eso, ahora tiene que aguantarse las consecuencias.

Por supuesto que al Chony voy a apoyarlo siempre, no sólo soy su padrino sino que además es hijo de mi hermana. Ayudándole, ayudo al resto de la familia. Chony le envía dinero a su madre y mi hermana cuida a su vez de nuestra madre. Después de todo, para eso somos familia.

Apenas llegó a Florida, le conseguí un puesto en la misma compañía donde yo trabajo. Una pequeña empresa de servicios de *landscaping*. Cortamos el césped, damos forma a los árboles, arreglamos jardines y hacemos todo lo que se refiera a la belleza exterior de las casas. A veces tenemos que pintar paredes o limpiar alguna piscina. Cualquier trabajo es bueno, no nos quejamos.

Chony tampoco debería quejarse.

Florida es un estado muy húmedo y caluroso, eso ayuda a que el negocio del *landscaping* se mantenga todo el año. Durante el verano, debido a que es tiempo de aguaceros, visitamos a nuestros clientes casi semanalmente.

A Chony le costó al principio acostumbrarse al calor. En esos días no había dónde cobijarse del sol. Moverse era difícil; trabajar, casi imposible.

Algunos de nuestros clientes se apiadan de nosotros y, a veces, nos acercan una jarra de agua o limonada. Increíblemente, en ese acto de bondad empezaron los problemas del Chony. Pero yo se lo advertí.

Aquel día, la hija de la dueña de la casa donde estábamos trabajando, nos acercó una jarra de limonada. La señorita era muy simpática y siempre trataba de practicar su español con nosotros. *Buen día señor. ¿Quiere limonada señor? Adiós señor.* Muy amable la señorita.

—Tú eres nuevo, verdad, ¿te gusta vivir aquí? —le dijo la señorita.

Y creo que fue eso lo que confundió al Chony. El conjunto de cosas. La amabilidad, la sonrisa, los dos vasos de limonada, el calor calentando las ideas debajo del sombrero, y la tontería de creerse un galán.

Esa primera vez no hizo ningún comentario. A la segunda vez que encontró a la señorita espiando por la ventana, no se aguantó. *La señorita gringa es muy bonita,* comentó el Chony al pasar.

Y por supuesto que le dimos la razón. La señorita es muy bonita. Piel casi pálida, pecas, cabello largo y dorado, unos ojos preciosos que tiene que entrecerrar frente al sol.

Pero yo se lo advertí al Chony: los gringos de un lado y nosotros del otro. No hay lugares en el medio.

Hoy sé que nunca me escuchó.

Todas las semanas preguntaba: ¿Vamos hoy a la casa de la señorita?

Y era cierto que la señorita gringa hablaba más que nadie con el Chony. Y era cierto que muchas veces se reían juntos y nosotros no sabíamos de qué. Pero también debo decir que la señorita gringa no habla tan bien el español y el Chony ni jota de inglés, así que tales conversaciones nunca tenían garantía de entendimiento.

Mírate bien, le dije al Chony, estás sucio del trabajo duro, la ropa pegada al cuerpo del sudor, manchado de pastos hasta en la cara, ¿y tú crees que la señorita gringa te corresponde?

Chony contestaba con una sonrisa suficiente. Como si supiera *algo* que nosotros desconocíamos; después de todo, siempre hay *algo* que uno desconoce.

Empezamos a ver en los ojitos del Chony alguna diferencia. Tenían algo extraño, otro brillo, hasta trabajaba más y había dejado de lado las mañas de inmigrante recién llegado. Ya comenzaba a balbucear las primeras palabras en inglés. *Tenkiu, gud mornin, jelou.* Y se había comprado las primeras ropas con su propio salario. El Chony tenía otra actitud.

Aquella vez que la señorita lo llamó y hablaron por más de quince minutos dentro de la casa. Fue cuando se desencadenó todo. No quiso largar prenda. La sonrisa que trajo era sospechosa. Nos dejó una frase colgando cuando nos íbamos. *Tengo algo para ti,* le había dicho.

Durante algunos días el misterio quedó aplacado, ni siquiera en la casa quiso hablar del tema. Yo quería ahorrarle problemas al Chony, pero estaba encerrado en él mismo.

El domingo después de la misa, volvimos a casa y guardamos la ropa de salir. Todos menos el Chony, que se mostraba excitado y nervioso.

Mira Chony, le dije después del almuerzo, soy el responsable por ti ante tu madre, si no me dices qué carajos sucede vas a tener problemas.

Y Chony se resignó a relatar lo que le había dicho la señorita gringa.

—¿Estás seguro Chony? —tuve que preguntar.

Y movió la cabeza de manera afirmativa.

Los ojitos del Chony se llenaron de las palabras que no había dicho. Tuve que reconocer que podría haber algo positivo en todo eso. Quizás, hasta un futuro diferente para el

Chony. Parecía haber descubierto un lugar en ese espacio entre ellos y nosotros. Pero siempre he sido un hombre escéptico, y tenía mis dudas.

A veces, durante el verano, la señorita cuidaba la casa. Los padres se iban de viaje por algunos días y ella estaba a cargo de todo.

La señorita gringa tenía algo para el Chony. Lo había citado en su casa, el domingo por la tarde.

—Mira Chony, —le dije antes de que se fuera—, toma esto con cautela, ya te dije cómo son los gringos; ellos de un lado y nosotros del otro, sin lugares en el medio.

Pero Chony no me escuchó. *Quiero ayudarte,* había dicho también la señorita gringa.

Y el Chony se fue nomás a ver a la señorita que lo esperaba en aquella casa, a solas.

Vestido de domingo y con unas flores cortadas de un jardín, hizo sonar el timbre, a lo que la señorita contestó con un rápido: *ya va.*

La puerta del garaje se abrió ruidosamente. Desde el interior, la señorita gringa empujaba sonriente una gigantesca cortadora de césped que puso frente al Chony. Con el índice señaló el pasto crecido del jardín.

Chony no quiso hablar sobre el resto, no sabemos qué hizo. No necesitamos saberlo.

Sólo sé que desde aquel día hay un jarrón con flores frescas en la mesa del salón, justo en el centro, en ese espacio medio perdido entre los extremos.

La superposición de las Marías

Escondido detrás de un libro y de un par de gafas de sol, miro de reojo todo lo que sucede en la piscina. No me preocupa que alguien pueda ver la dirección en la que observo, las gafas me protegen mientras no mueva la cabeza y delate hacia dónde estoy mirando.

Hay muchas cosas para mirar. La piscina está en el centro del complejo donde vivo, rodeada de apartamentos y plantas artificiales que le dan aspecto de oasis patético. Me llama la atención la gente que se asoma en los balcones y tiran las colillas de los cigarrillos donde no deberían, los jubilados que discuten en voz alta las instancias de un juego de dominó, algún caballero que muestra cómo le cuelga la panza por encima del traje de baño, los niños que saltan, gritan, y salpican con agua a los demás, y por supuesto, alguna señorita que valga la pena mirar. Para eso vengo. Para descansar, tomar algo de sol, y ver en la gente que me rodea a los personajes de esa novela que tengo en la cabeza desde hace más de doce años. En realidad, a los personajes ya los tengo, porque surgieron de un hecho que viví en Buenos Aires, antes de mudarme a Los Ángeles y que me empujaron a abandonar todo. Los personajes son tres, yo soy uno, el otro se llama Julián, y su novia, María. Las circunstancias que los tres vivimos, son una novela sin ficción, demasiado real como para obviarla y dejarla en el olvido. Pero sé que escribirla sería como volver a vivir todo aquello, con los momentos de esperanza, y con la amargura final del exilio.

Confieso que no sé cómo empezar esa novela, o no sé cómo escribirla, o no sé cómo terminarla. Porque me hubiese gustado que todo fuera diferente.

El observar a la gente que me rodea, me da pautas para disfrazar a los personajes. Busco gestos, tonos de voz, actitudes y formas de caminar. Cualquier cosa que encuentre en los demás, y que despierte los pensamientos que temen surgir. Eso es lo que he hecho en los últimos doce años, observar; buscar no sé qué, en no sé quién, lo que no sé cómo diré.

Aunque ahora me he dado cuenta de que, desde hace tres días, el observado soy yo.

El primer día tan sólo cruzamos miradas de ¿quién será? El segundo, me saludó con un buen día y se sentó en la reposera a tomar sol, justo frente a mí con la piscina de por medio. Empecé a observarla porque ella me observaba, y porque sus ojos eran negros, y su cabello también, y era largo y espeso, y le llegaba hasta más allá de los hombros. Como a María.

Sí, le vi también el cuerpo adolescente, firme, ese traje de baño de dos piezas, blanco y sugestivo, la gracia de sus muslos, la mirada con la cabeza baja, con los ojos escondidos entre los cabellos, pero intensa, muy intensa. Como la de María.

Alguien la llamó ayer por el nombre, creo que la madre, así supe que se llamaba María Celeste. Ella contestó con fastidio mientras me miraba. Quizá supo que la estaba observando detrás de mis gafas negras, o tal vez no supe esconder mi mirada o no quise hacerlo, porque estudiaba sus facciones, las cejas gruesas, la boca carnosa, la decisión de sus movimientos. Igual que María.

Hoy, cuando llegué a la piscina, ella ya estaba nadando, y lo primero que vi, fue su cuerpo saliendo del agua, lentamente, sin sacudirse. Con el agua cayéndole por la cara y el cuerpo, recorriéndola de pies a cabeza, y sus ojos estudiándome a través de los densos cabellos. Como María, la última noche que pasamos juntos, en aquel hotel de mala muerte.

Estaba algo lejos como para saludarla, pero ambos nos dimos cuenta de la presencia del otro. Fue magnético.

Ella se zambulle otra vez y nada despacio debajo del agua. Cada vez que se asoma a la superficie para respirar, balancea el cuerpo para sumergirse, dejando expuestas las caderas perfectas antes de entrar lentamente debajo del agua. Ya no me preocupa si me ven mirando. Sé que otros la ven también, porque es demasiado vistosa; imposible no asimilar sus movimientos de sirena. Aunque no la catalogaría como tal, porque las sirenas no tienen caderas, ni muslos, ni caminan tan seguras como lo hace esta María. Como lo hacía aquella María.

El recordar a María me trae sentimientos encontrados; por un lado, me llena de vida repasar el único momento de mi triste existencia en el que me sentí hombre en el sentido completo de la palabra, el momento en que una mujer puede moldear con sus propias manos dentro del pecho masculino, y darle sentido al caos interno. Pero al mismo tiempo, me hizo sentir tan miserable y tan ruin como un traidor lo es.

Por eso me fui de Buenos Aires, mientras otros aquí son refugiados de alguna guerra, o buscan un futuro en una economía diferente, yo vine a ocultarme, y a encontrar en el espejo una imagen diferente a la que encontraba en mi ciudad.

Allí no podía verme a mí mismo, ni a mis padres, y menos a Julián, que después de todo es mi hermano.

Quisiera decir que me fui por amor, o por honor, o por respeto. En el único término que puedo pensar es cobardía.

María se me acerca y con esa desfachatez que tienen los adolescentes me pregunta si hablo español. Sé que se dio cuenta de ello por el libro que tengo en la mano, y le digo de donde soy, y ella me dice con un inconfundible acento caribeño que es colombiana. Su voz es lejana en la memoria, pero poderosa y firme en el presente. Mis ojos la escuchan mientras viajan entre su rostro y las oscuras aureolas de sus pechos que contrastan con el blanco de su traje de baño y me señalan.

No hay mucho que pueda decir sobre cómo empezó

aquello con María, partiendo de que Julián la trajo a casa un día y así empecé a verla seguido, hasta que un día pasó lo que pasó, y no dejó de pasar, hasta que Julián hizo una broma sobre nosotros dos. Y vi en las palabras de Julián algo más que una broma. Algo que sólo los hermanos pueden sentir. Porque sus ojos me miraron a mí, y no a ella.

Entonces me fui.

María me habla del sol, del calor, y de que quiere zambullirse en la piscina otra vez.

Yo sonrío. María sonríe y me saco las gafas oscuras para ver su color real y su mirada sin límites.

Tal vez estaba equivocado con respecto a la novela y a los personajes, tal vez la novela no había terminado, o no había empezado, o estaba en una transición; tal vez nunca me había ido de Buenos Aires y la pensé allá, o tal vez siempre había estado en Los Ángeles creando el espacio para vivirla en lugar de escribirla. Tal vez María nunca existió, o tal vez María siempre estuvo aquí esperando a que llegara. No sé cual de las Marías inventó a la otra.

El sol de California arde en la piel, tal vez el agua no sea una mala idea. Me zambullo. Puedo sentir la diferencia de temperatura, puedo percibir la suavidad de un mundo distinto. El mundo donde habita María.

Imperdonable

El auto subió la rampa a la misma velocidad que lo hacía cada día de la semana a la misma hora, con ritmo cansado y esforzándose por terminar el viaje. La rutina de volver del trabajo conectaba otra distinta, la de retomar la soledad de un hombre en una casa enorme, con recuerdos pesados y memorias vigentes. Más aun en esos días, cuando una fecha, un número de día y de mes, y la cuenta de otro año, señalaban ausencia y desazón.

Muchas veces había pensado en vender esa casa enorme, de seguro le darían buen dinero. No quedaban muchas casas que dieran a la playa en el Lago Michigan, rodeada de varios acres de bosque original e intacto. Casi toda la costa del lago había sido tomada por condominios o por consorcios que construían edificios horrendos, a costa del bosque y de las dunas de la playa. Pero las mismas razones que lo impulsaban a vender, le impedían hacerlo. Los recuerdos.

Al terminar de subir la rampa, vio un auto estacionado en el playón de la entrada. Un auto rojo, sucio de un largo viaje o del descuido premeditado del tiempo. Le llamó la atención porque no solía recibir visitas, y menos en una fecha tan cara a sus sentimientos. No establecía encuentros ni un mes antes, ni un mes después del 25 de octubre. Para él, la vida social había dejado de ser importante. Y ese día era el 25 de octubre, lo que le causó un disgusto.

Las luces de la casa estaban apagadas, lo cual indicaba que nadie estaba dentro. Nunca cerraba la puerta, era el privilegio de vivir alejado de la civilización, donde no había muchos con quien compartir una buena charla, o el silencio.

Entró su auto al garaje pero pensaba en el otro, en el auto rojo y sucio del viaje o del descuido premeditado. Al descender de su auto una ráfaga de viento lo envolvió, pudo ver cómo llegaban hasta él unas cuantas hojas ocres. Al pisarlas, escuchaba un crujido antiguo que hablaba de fastidio y de adrenalina desbocada.

Enfiló hacia el auto rojo. Al pasar por el umbral del garaje, apretó el botón que cerraba automáticamente la puerta. Los sonidos de los engranajes se fueron perdiendo a medida que se acercaba al auto rojo. Lo notó mucho más sucio de lo que le había parecido, con distintos polvos pegados a la carrocería, como de diferentes partes del mundo; no tuvo dudas de que se debía a un viaje muy largo. Quiso mirar a través de las ventanas sucias pero no pudo ver mucho, tuvo que pasar la mano por los vidrios para ver dentro. Sólo un pequeño bolso con ropas, que se notaban también sucias; junto al asiento del conductor, restos de envases de café y comida rápida. Por la forma en que las cosas estaban dispuestas en el interior de aquel vehículo, tuvo la certeza de que sólo viajaba una persona.

Sintió curiosidad por saber de dónde había venido esa persona, y buscó en la parte delantera la licencia del auto. El auto estaba estacionado contra las plantas del jardín, tuvo que mover algunas ramas para poder ver la placa. Lo que vio, lo llenó de furia. La licencia era de California. Y había sólo una persona en ese estado que podría estar en aquella área del norte de Indiana un 25 de octubre. Empezó a comprender la suciedad del auto, la sucesión de desiertos, planicies y montañas estaba pegada sobre la chapa, los envases de café y la comida rápida que aseguraban celeridad y más horas de manejo. En más de dos mil millas de viaje, todo cuenta cuando ayuda a concentrarse. Comprendió todo eso, hasta le pareció lógico. Lo que no podía entender, era por qué esa persona estaba en aquel lugar, cuando había sido claro al decirle que no lo quería ver más en su perra vida.

Sintió cambios biológicos. La sangre corría más rápido, la saliva se espesaba entre los dientes, inconscientemente, cerró los puños, percibió un pequeño dolor en los maxilares por la fuerza con que cerraba la boca. Un intenso odio lo corroía.

Alzó la vista tratando de serenarse al ver el colorido del otoño de aquel lugar, pero nada pudo relajarlo. Con pasos lentos y medidos se dirigió a la casa. Al entrar, encendió las luces pensando que esa persona podría estar escondida en la oscuridad, esperando para atacarlo arteramente, pero la luz le dio forma a la casa y cuerpo al mobiliario que dormía en ella. Encontró todo igual, casi nada había cambiado en su ausencia, lo único que discernía era un álbum de fotos sobre la mesa del costado, abierto en la página central, mostrando dos caras iluminadas y sonrientes.

Se acercó a la mesa despacio, casi con el miedo de perturbar el sueño de alguna criatura, vigilando con la mirada que nada cambiara en el contenido de las fotos. Vio que la página central contenía una foto de bodas. La de su única hija, Michelle, y la de su marido, la persona indeseada, la que nunca debió haber vuelto, Sergio.

Recorrió con los dedos el retrato de Michelle vestida de blanco, sonriente y radiante como todas las mujeres el día de su boda; pero para un padre, a veces, el casamiento de una hija trae más preocupaciones que alegrías.

Con la punta de los dedos tomó uno de los extremos y giró el álbum para que quedara frente a él, lo cerró para empezar a verlo desde el principio, como había hecho casi todas las semanas desde hacía tres años. Desde el día que Michelle muriera en aquel accidente. Desde el día que Sergio se la llevara para siempre.

Mientras las hojas del álbum pasaban, los recuerdos le volvían frescos. Toda esa enorme casa era el templo de su memoria. Recordó las conversaciones con Michelle, las discusiones sobre si Sergio era la persona indicada para ella. En vano trató de explicarle que no le convenía casarse con un extranjero, que tendría problemas de cultura, de idioma, incluso trató de convencerla de que los extranjeros no eran confiables. Le hizo notar que cada vez que asistía a una velada familiar, Sergio se pasaba de copas; pero ella replicó que era porque nadie quería hablar con él. Lo cual al padre no le importaba demasiado.

Ella estaba decidida a casarse con ese hombre.

Fingió una sonrisa y la bendijo, mintió sobre la felicidad de la noticia y de la esperanza de que la familia se agrandara pronto. A Sergio sólo le ofreció la mano y su mirada amenazante. Se aguantó los comentarios a su espalda, de que cómo Michelle se podía casar con alguien que no fuera un irlandés, o siquiera con un blanco.

Y lo peor, se irían a vivir a California, lo que significaba que podría ver a su hija, con mucha suerte, una vez al año.

Al terminar la última página del álbum no pudo evitar que se le humedecieran los ojos. Abrió una de las puertas del mueble del bar y sacó una botella de escocés, buscó algo de hielo y se sirvió una porción doble. En dos tragos lo terminó y repitió la misma acción, porción doble, ahora con algo menos de hielo.

Se sentó en el sofá a oler el vacío de aquella casa enorme; con los tragos de escocés que se sucedían la casa parecía expandirse cada vez más.

Sergio nunca le había caído bien. No hablaba bien inglés. No había terminado la universidad. Y además, soñaba con ser actor. Por eso se habían mudado a California. Qué clase de futuro podía tener su hija con él. Su esperanza era que Michelle se diera cuenta pronto del terrible error que estaba cometiendo, y un rápido divorcio le devolviera la cordura perdida.

Pero pasaron cuatro años y la lucidez no volvió.

Si se veían para el Día de Gracias, había más reproches que festejos; que no me llamas, que no me escribes, que ya no quieres venir. Una sola vez voló hasta California para ver a Michelle, pero acortó su estadía disgustado por la sencillez con la que vivía. Sergio no podía darle nada mejor. Tampoco concebía que Michelle fuera feliz en aquellas condiciones. Su sonrisa nunca lo conformó.

El día que supo del accidente, poco importaron las circunstancias. Sergio estaba al volante. Prácticamente, la había asesinado. No importaban los otros involucrados, ese tiroteo entre pandillas que originó todo, los autos desbocados por la autopista, las sirenas de la policía escupiendo velocidad.

Lo de Sergio era imperdonable.

En el funeral explotó con toda su furia. Le había prohibido a Sergio que apareciera. Pero Sergio fue igual.

Entre siete personas tuvieron que sostenerlo para que no matara a Sergio, no lo dejó excusarse, no le dejó hablar porque no le importaba lo que tuviera que decir. Lo quería lejos, en lo posible muerto y sepultado, porque mientras las siete personas lo alejaban de la escena, juró que la próxima vez que se cruzase en su camino, lo mataría.

No había tenido noticias de Sergio en tres años. Y justo un 25 de octubre se presentaba en su casa.

Caminó por un largo pasillo que conducía a la recámara, ya en ella, abrió un cajón de unos de los armarios y extrajo un pedazo de metal negro envuelto en unos trapos. Lo liberó de su envoltura y al observarlo sintió un escalofrío. Nunca había pensado seriamente en usar un revólver, nunca, hasta el día que juró hacerlo. Abrió el tambor y puso unas balas que encontró en el mismo cajón. Probó el peso del arma e hizo algunos movimientos con su muñeca.

Se miró en el espejo y no se reconoció a sí mismo. Se calzó el revolver en la cintura y lo cubrió dejando su camisa suelta por fuera del pantalón. Caminó de vuelta hacia el mueble de las bebidas sin dejar de sentir cierta molestia a causa de aquel incómodo pedazo de metal. Se sirvió otro vaso de escocés y se sorprendió de su propia frialdad. No pensaba en el después, ni en las consecuencias, ni en el futuro, ni en él mismo. Todos sus movimientos eran automáticos, rutinarios, desmedidos.

Salió al patio trasero buscando la escalera que bajaba hasta el sendero. Sabía que Sergio estaba en la playa, lo intuía. Caminó por el sendero con la mirada alta y el vaso de escocés en la mano. Sus pasos eran lentos, como aletargados por el alcohol. Vio entre los árboles algunos reflejos del lago y al sol deslizándose lentamente en el horizonte. La playa era extensa. Era raro, pero cíclicamente, un año era tragada por el lago y al otro se extendía por varias decenas de metros. La brisa era mansa, fresca, traía el aroma del bosque y el murmullo lejano de los recuerdos. En los últimos escalones, divisó un bulto empequeñecido sentado en la arena, semioculto por las ondulaciones del terreno. Tuvo un leve mareo, mezcla de asco y alucinación.

No se animó a beber el vaso de escocés, sentía la lengua adormecida. El cielo se iba apagando y los colores del espectro se volvían rojos de distinta tonalidad. Las nubes mostraban formas, paisajes de su propia historia, rostros, palabras escritas para quien quisiera leerlas. La arena de la playa estaba aún tibia y suave, se deslizaba por sus pies como algodón. Hacía mucho tiempo que no bajaba a la playa. Todo le hablaba de los buenos tiempos, de las personas ausentes, de las risas que alguna vez sonaron en aquel lugar, con voces conocidas y que lo estimulaban, que volvían a pesar de los años y del dolor. Y en el centro de todo estaba Sergio. Acurrucado, con la cabeza perdida entre las piernas, sin poder ver todo lo que él estaba percibiendo.

Pasó el vaso de whisky a la mano izquierda para tener la derecha libre. No dejaba de observar el alrededor y todos los cambios que se sucedían. Al llegar al lado de Sergio, vio como éste se sobresaltó. Los ojos de Sergio tenían un vacío de varios años.

No se perturbó. Contempló el rostro de Sergio por algunos segundos. Había envejecido. Sus cabellos eran finos, con visibles entradas en las sienes, y algunos tintes blancos. Respiró profundo y se sentó al lado de Sergio sin dejar de mirar el horizonte. Le dio el vaso de whisky a para que se lo bebiera. Parecía necesitarlo más que él.

Inhaló con ansias los aromas de la playa, del bosque, del lago. Algunos ecos perdidos le llegaban como rumores, como murmullos escondidos en la brisa. Repentinamente, aquel pedazo de metal incrustado en su cintura empezó a molestarle.

Un año

No sé muy bien por qué regresé, esa sensación de incomodidad no me abandona. No pegué un ojo en toda la noche. A pesar de la serenidad del avión, del ambiente climatizado, de ese zumbido lento que sirve de sedante para los nervios, o para encresparlos, dependiendo del caso. No paré de pensar ni un instante.

No es que la comida me hubiera caído mal, al contrario, en esa compañía chilena sirven muy bien, la comida es sabrosa y abundante; además, acompañada por el excelente vino que producen allí, que debería haberme relajado, pero no lo hizo. No podría decir que fueran nervios exactamente, ni siquiera se me cruzaría la palabra miedo por la cabeza, después de tantos vuelos ya eso no me pesa. Si hasta la azafata viéndome insomne me ofreció un trago de güisqui para asentarme y descansar un rato. Pero gentilmente lo rechacé. A pesar de que los pensamientos me perturbaban, deseaba seguir haciéndolo, en una suerte de sadomasoquismo intelectual. Tampoco era que quisiera arreglar el mundo por mi cuenta, o estuviera generando alguna tesis social capaz de eliminar el hambre de Somalía. No creo que mi cabeza dé para tanto.

No paré de pensar en ella.

Me conformaría tan sólo con el hecho de saber por qué estoy volviendo a un lugar que estuve feliz de dejar, pero que empecé a extrañar apenas lo dejé.

Digamos que tuve mis motivos para irme. Quizás, los mismos por los cuales regreso, no lo sé. Aún no lo sé

Casi un año se ha sucedido desde que dejé Chicago, días más, días menos. Al arribar, en esta mañana de Febrero no pudo recibirme peor que con una de las tormentas de nieve por las que es conocida esta ciudad. Del verano húmedo sudamericano al frío polar de estos lados. Del abrazo al olvido, diría Sabina. Y ya que hablo de él, en el año que pasé en mi ciudad, tratando de recuperar el tiempo perdido, escuché todo el material de él que pude, y me llené de sus frases comunes, pero no por eso menos sabias. No deberías volver al lugar donde has sido feliz, dice en una. Y tiene razón. Si tal vez hubiera escuchado eso antes, quizás, no hubiera vuelto a Sudamérica.

Sé que cada persona tiene periodos de transición. En mi caso, llevo casi ocho años en ese proceso. Y sí, suena a exageración, pero no lo es. Digamos que están a mi favor algunas cosas, como el cambio de cultura, de idioma, de clima, de comida. Pero en general, podría decir también que todos esos cambios los generé yo mismo.

No me fui de mi país por trabajo, tenía uno muy bueno y con posibilidades de futuro, tampoco tuve problemas políticos, eso no me interesa; ni siquiera tuve alguna historia oculta por la que quisiera viajar en vez de emborracharme por ahí.

Me fui porque sí, porque tuve ganas, porque me aburría, porque me imaginaba que afuera la cosa era diferente, y yo quería verlo con mis propios ojos y que nadie me lo contara. Así de simple.

Los dos primeros años fueron difíciles, lo desconocido, lo nuevo, la fascinación, pero también estaba la constante referencia a lo pasado. A lo que había dejado atrás.

Digamos que, a medida que pasaba el tiempo, iba idealizando cada vez más mi país, y cualquier cosa que se relacionara con él. Comida. Mujeres. Familia. Y no hablemos de los valores morales de nuestra sociedad, a los que nunca les había prestado atención y siempre aborrecí; y de buenas a primeras se habían convertido en el tope de la condición humana. En esa paradoja necesitaba equilibrar muchas cosas, mi soledad en esta nueva tierra, los pesares que me rodeaban, y el orgullo herido de tener que volver a mi patria con la 'frente marchita'. Algo que no reconocía ni delante del espejo.

Pero en medio de todo, siempre estaba ella.

Esa mujer alta para ser latina, casi tan alta como yo, que soy alto para la gente de esta parte del mundo. Y la mirada tan oscura como su piel, como la noche, como el ébano, como cualquier pensamiento que pudiera tener al pensar en ella. Y sus pechos. Y sus caderas hechas a puro baile. Y los dientes más blancos que jamás había visto. Y aquel acento caribeño sin erres y abusando de las eles. Siempre ella, como centro de toda la confusión.

Puedo decir que al tercer año ya estaba cómodo. Después de lavar platos ajenos, dormir en sofás prestados y comer comida sin gusto y horrible para ahorrar, pude establecerme. Renté mi propio apartamento, las relaciones que empecé a tener fueron más interesantes y duraban algo más que dos o tres encamadas. Podía invitar a mis amigos a cenar afuera sin mirar el precio de las cosas y compré un buen auto. Todo iba bien.

Una empresa me contrató como contador del departamento financiero, un lugar donde podía hacer carrera. El edificio era grande, mucha gente diferente trabajaba allí, y como era una empresa de comidas, siempre había reuniones donde se degustaba algo y los cócteles eran generosos y variados. Todos nos conocíamos irremediablemente. Para bien o para mal.

Yo creía que me estaba adaptando al lugar, pero siempre me inclinaba por la gente que hablaba español, a pesar de manejarme más que bien con el idioma. Era algo que siempre me llamaba al origen. Escuchar música en mi idioma, comer cosas semejantes a las que comía en mi casa, o, al menos, con el mismo bullicio que me recordaba las fiestas familiares. Siempre consideré que una comida es un evento social, más que un ritual de alimentación. Si no se compartía con alguien, no valía la pena comer. Tal vez eso era lo que más extrañaba. La interacción con la gente que me conocía y yo conocía. Ese alcánzame el vino, pásame el pan, gritando de una punta de la mesa a la otra.

Por eso creo que elegí a ese grupo como familia. No

puedo decir que me adoptaron. Yo los adopté a ellos, mi necesidad lo hizo. En aquel grupo todos tenían una función. Había un padre, una hermana, un primo. Todos hacían algo dentro de la familia que me había inventado. Incluso, a una de las integrantes le puse el cartel de novia, amante, esposa, lo que fuera posible obtener de ella, pues la quería para mí.

Pero había dos problemas con eso.

El primero, era que ella no lo sabía, aunque me moría por hacérselo saber. El segundo, y la razón por la cual no se lo decía, era que tenía dueño.

Y lo menciono así, como si fuera una propiedad, porque creo que trataba de ponerme límites. No sólo para no romper la armonía de *nuestra familia,* sino, porque sabía que todo iba a ser un embrollo sin fin. Confundirla con lo que pudiera decirle. Darle un vuelco a su vida estabilizada, romperle la paz emocional que no sé si tenía, pero yo quería imaginar que sí, y así tener una excusa más para no hablarle.

Toda la incertidumbre venía en oleadas, entre la familia real y la ficticia, todo me confundía. Porque cada vez pensaba más en los míos, y los ruegos de mi madre, después de tantos años de no verla, me calaban profundo. Pero me había ido de un lado y había elegido otro. Pero en ambos sitios me sentía incompleto. Con espacios que no podía llenar porque algo me faltaba. Aquí y allá, *There and here.*

En los años que estuve fuera pasaron muchas cosas en mi ciudad natal. Mi hermana se casó, tuvo un par de crías, a mi mamá la operaron de la rodilla y tuvo un post operatorio de varios meses, fallecieron algunos tíos que nunca veía y mi padre padeció de severos ataques de asma que lo llevaron al hospital.

Cualquiera de esos motivos impulsaría a cualquiera a volver, pero yo, ni ahí.

Si bien me sentía cómodo en mi nuevo país, no me causaba sorpresa el hecho de que no tuviera amigos nativos. Me resultaba preferible la gente que aún sostenía parte de su propio pasado, porque yo también quería sostenerlo, aunque fuera con la memoria distante y con telarañas. Creo que fue así al menos al principio. Porque sé que los dos últimos años fueron tan sólo para estar cerca de ella.

Al principio me pareció que ella era alguien más, simpática, sí, agradable conversación, sí, y buen cuerpo, sí. Pero nada más.

Bien que estaba equivocado.

Porque cada una de sus sonrisas, poco a poco, me empezaron a importar más que recibir el sueldo a fin de mes, porque estar cerca de ella en las fiestas se convirtió en algo más interesante que comer, porque respirar el aroma de su cuerpo, se volvió más necesario que el aire mismo.

Pero ella no hablaba más que de su novio y de sus deseos de casarse pronto.

Yo pobre mortal, ¿qué podía hacer?

Heroicamente, callar lo que sentía y ser feliz en su felicidad. O, patéticamente, hablarle de lo mucho que la amaba, y dar lástima rogándole que se escapara conmigo.

Y yo, ¿qué pude haber hecho?

No tengo pasta de héroe. Así que, temblando como una hoja, diciendo las palabras erróneas, eligiendo el peor momento en el peor lugar y estando tan nervioso que necesitaba ir al baño cada cinco minutos, fui torpemente a hablarle de amor.

No sé lo que dije, ni me acuerdo, ha pasado casi un año desde aquel día, el día que decidí volver a mi tierra después de siete años.

Se me quedó mirando con la boca abierta, no creyendo lo que oía, petrificada, pensando que estaba frente a un delirante que había perdido el juicio.

No esperé respuesta. Fui directamente a comprar un boleto de avión. El primero que dejara Chicago y me depositara en mi país, el regreso soñado, la cura perfecta de todos mis pesares. El escondite adecuado.

Por supuesto que al otro día le envié una carta disculpándome. Allí le explicaba lo avergonzado que estaba de mi comportamiento. Me justifiqué alegando que llevaba varias copas encima, y que esperaba que ese incidente no manchara la gran amistad que teníamos.

Con gran soltura, me contestó que el incidente estaba olvidado, y que se había dado cuenta de que no era yo mismo el que había hablado aquella noche.

El alivio que sentí fue triste, muy triste.

Después de eso vino el regreso bendito, donde durante los primeros meses todos me mimaban. Mi madre preparaba mis platos favoritos y mis amigos y parientes me invitaban a comer para que contara mis aventuras en aquellas tierras, algunas eran verdad, otras, eran historietas de alguien más que había adaptado a mi propia vida y quedaban bien.

Pero los meses se fueron pasando, y la realidad trajo un cansancio de años inusual en mí. Todo había cambiado. Mis padres habían envejecido. Mi hermana había engordado después de su tercer embarazo y su única preocupación era gritarle a sus hijos todo el tiempo porque la tenían cansada con todo el desparramo que hacían. Mis amigos ya no se juntaban a jugar fútbol, estaban demasiado ocupados tratando de mantener a sus propias familias. Y yo tampoco era el mismo.

Mi casa ya no era mi casa.

Me llevó tiempo darme cuenta de que mi mente y mis recuerdos se habían quedado siete años atrás. Todos los demás evolucionaron, pero yo no evolucioné con ellos. Sino que lo hice en otro lugar, en otro sentido.

Fue horrible sentirme un extraño en el hogar que había nacido.

La alegría del comienzo se transformó en una constante incomodidad. Una vez acabado el circuito de recuerdos, la voracidad por recuperar el tiempo perdido fue una rutina degastante y aburrida. Un año perdido entre recuerdos viejos y recientes.

Mi tierra, mi casa, mi familia habían dejado de ser míos. Y otra vez, empecé odiosamente a comparar, aunque ahora, en sentido inverso.

Ese correo que me había llegado con la invitación a la boda

fue como un detonante. Me volvía a Chicago. A su boda, a verla caminar del brazo de otro, sonriente, finalmente feliz y con su sueño cumplido. Y yo, baboso inconmensurable, viendo como mi amor se disolvía como hostia en la boca.

Durante la despedida en el aeropuerto no hubo lágrimas, ni tanta gente, ni tantos abrazos. Sólo el pedido de mi madre de que esta vez fueran menos de siete años, que no sabía si podía esperar tanto tiempo. Me di cuenta que mi incomodidad los había puesto incómodos a todos.

Las sensaciones se repitieron. La felicidad de dejar un lugar para volver a otro, con lo raro de extrañarlo al mismo tiempo de abandonarlo.

No me sorprendió la distancia emocional de mi familia ficticia. Si bien sabían que volvía a Chicago, los noté algo fríos en el trato conmigo; tal vez ellos también habían cambiado en el año que había transcurrido. Había algunas caras nuevas, y me enteré de la desaparición voluntaria o no de otras. Cada vez que me preguntaban si había vuelto para quedarme, contestaba ausente; en realidad, no lo sabía. Lo cual era la absoluta verdad.

Durante la ceremonia religiosa estuve muy tranquilo. La vi pasar de la mano del padre y que después la entregó al novio, y al cura que hablaba las cosas pertinentes a la situación. A mi me importó un bledo nada de lo que ocurría. Como si todo lo que hubiera pensado durante toda la noche, mientras volaba por nueve horas en mi regreso a Chicago, no hubiera existido.

La ceremonia terminó con el canto de un Ave María precioso que el coro entonó con formidable precisión. En el atrio voló arroz, y hubo sonrisas y lágrimas, saludos, felicidades y buenos deseos. Desde lejos, perdido en el tumulto de personas, observé las emociones de todos, quizás buscando copiar alguna que le sirviera a mi rostro.

Nadie se quedó por mucho tiempo, hacía frío y nevaba; además, la celebración era en un salón del otro lado de la ciudad y tomaría algún tiempo llegar allí a causa de la nieve y la lentitud del tráfico.

Yo había decidido no asistir a la recepción.

Bajé los escalones de la iglesia pisando con cuidado y dejando huellas profundas en la nieve. Ya no había gente allí, sólo algunas palomas que se comían los granos de arroz que aún estaban en el piso.

Una mujer salió a limpiar los escalones y provocó el desbande de las palomas que en bloque dieron un gran círculo por el atrio y por encima de mi cabeza. Las seguí con la mirada hasta que al final subieron a lo más alto del campanario y de allí podían ver todo lo que acontecía, en el atrio, en las calles, en la ciudad.

Yo miré las calles vacías y en ellas el silencio del frío y del viento congelándome las orejas. Me pregunté por qué había regresado, pero me sorprendí con otra pregunta, por qué me había ido. Sólo pensé en el año en medio de esas circunstancias, y suspiré largamente dejando una nube de vapor a mi alrededor.

Miré de nuevo las palomas en el campanario, que parecían esperar a que yo me fuera y seguir buscando algún grano de arroz que se le hubiera escapado a la mujer de la limpieza. Batían alas. Hacían bufidos que sonaban guturales entre la nieve y los edificios.

Al ver lo inquietas que estaban, me di la vuelta y empecé a caminar despacio y sin dirección, pude sentir a mis espaldas el revuelo y la desesperación de la lucha por las migajas. Ellas pertenecían a ese mundo. Al del atrio, al de los desbandes, al del arroz desparramado después de cada boda, al del refugio seguro del campanario.

Caminé despacio por la nieve espesa, resbalando cada tanto, haciendo equilibrio en el hielo, con zapatos y ropa inadecuada para ese frío. Como balanceándome entre mundos opuestos y encontrados, tan sólo unidos por el espacio irrisorio de un año, un año sin días para contar.

Animal

Es miércoles. Cinco de la mañana de una semana cualquiera. Suena el despertador y mi cuerpo pesado se levanta de la seudo cama. Me envuelvo en la vieja bata roja y me voy hasta el baño. La llamo seudo cama porque no es una cama sino un colchón tirado en el piso. Me cepillo los dientes mientras miro mi rostro que aún tiene marcas de la almohada y semejan cicatrices. No me he afeitado desde el viernes. No pienso hacerlo. Lleno de agua tibia las manos y me empapo la cara. Lentamente me seco y sigo mirando mi rostro que de a poco pierde la hinchazón del sueño y vuelve la normalidad. Noto que no me he peinado, algunos de los cabellos caen revueltos sobre la cara. Los ojos parecen mirarme, pero no me miran a mí, sino a sí mismos. Se controlan, se estudian, se desafían. Me quito los restos de agua de la piel y vuelvo a la habitación. Debo vestirme para ir a trabajar.

Trato de no hacer ruido. Mis *roommates* no se levantan tan temprano como yo. De hecho no se qué hacen porque parecen nunca estar en la casa, pero sé que están. Entro en mi habitación y no puedo evitar sentir ese olor. Muevo los músculos de la nariz porque no es un olor cualquiera. Es un olor no habitual en mi habitación. Es olor a mujer. A pesar de que no hay ninguna en ella.

Dejo caer la bata al piso y dejo mi cuerpo desnudo que ya se ha atemplado al fresco de la madrugada. Busco ropa interior en un cajón. Me parece algo extraño buscar ropa interior. Desde el sábado pasado he decidido dormir desnudo. Quizás el sábado a la noche fue un accidente haber dormido así, pero no el domingo, ni el lunes, ni el martes.

Las paredes blancas de la habitación están desnudas también. No hay nada que detenga la expansión del blanco en la pared. Decido de que es tiempo de que haya alguna foto o un cuadro o algún colgante que interrumpa el blanco y que deje constancia de que he decidido poner un punto de referencia en la pared.

Antes del sábado no pensaba lo mismo, ni siquiera me había dado cuenta que las paredes eran blancas. Me pregunto si las paredes huelen a mujer también. Pero me digo que no. Que el olor a mujer está impregnado en mi memoria y no en las paredes. Pero dudo. Antes del sábado nada olía a nada. Ahora son muchos los olores. Pero sólo uno es el que me interesa.

Me pongo la ropa interior y busco calcetines. Recojo la camisa del trabajo que está en el piso y veo dos camisas más que están debajo de ésta. Las levanto. Sin ceremonias las cuelgo en el armario vacío. No tengo mucha ropa. Ahora me doy cuenta de eso. Abotono la camisa y en un costado encuentro hecho un bollo los pantalones. Están arrugados. Nunca me importó que estuvieran arrugados. No sé por qué lo noto hoy. Los huelo. Distingo los olores del trabajo. Los míos. Algunos más que no distingo.

Han pasado seis meses desde que llegué a Chicago, conseguí esta habitación porque era barata, pequeña. Siempre la aborrecí, desde el comienzo. Pero estoy aquí. Estoy de paso me digo. Cumple una función y así me sirve. Trato de autoconvencerme.

Me calzo los pantalones y observo la seudo cama deshecha. Observo la mancha. La misma mancha que está ahí desde el sábado. Desde el mismo momento que la habitación empezó a oler a mujer. La he observado todas las mañanas al hacer la cama. Todas la mañanas me he dicho que voy a cambiar las sábanas. Pero no lo he hecho.

Tapo la mancha con la manta pero la sigo viendo a pesar de no estar a la vista. Huelo de nuevo. El olor a mujer tiene compañía. El olor a hombre.

No recuerdo demasiado sobre lo que pasó el sábado a la noche. Fui a ese bar porque quería beber una cerveza, aunque sin darme cuenta fueron varias. No me interesaba la música de aquel grupo que se presentaba. Pero la primera canción me gustó y las notas hacían de la cerveza algo más digerible. Lo que no sabía es que había un par de ojos que me estaban mirando. Ella no estaba con ese grupo de seis o siete personas que seguían a la banda. Ella estaba sola deseando compañía. Yo estaba sólo deseando terminar mi cerveza. Ella me invitó un trago y yo la invite a mi cama, que todavía no tenía la mancha que ahora tiene. Creo que mencionó que estaba casada, aunque no recuerdo mucho la conversación, los silencios fueron más interesantes que las palabras.

Cuando entramos a la habitación sentí un poco de vergüenza por la sencillez que demostraba, pero ella no se tomó mucho tiempo en verla, tuvo la mayor parte del tiempo los ojos cerrados y la boca abierta. Ella con la cabeza entre mis piernas y yo miraba las paredes blancas vacías. Ella respiraba entrecortadamente y yo no encontraba muebles en donde apoyarme. Pero empezaba a oler cosas. Cosas que de a poco surgían de todos lados. El techo empezó a subir más alto y todo me daba más espacio del que necesitaba. Tuve que apagar la luz, no tuve vergüenza en la oscuridad.

En algún momento nos quedamos dormidos, al menos es lo que pensé, porque al despertar ella ya no estaba. No la escuché irse y no me interesó si regresaba. Pude dormir plácidamente esa noche, ni siquiera me molesto la humedad de la mancha que dejamos en las sábanas y ahora cuatro días después está seca.

Al despertar al otro día las ropas estaban tiradas en el piso como lo estaban todos los días desde hacía seis meses. Pero todo olía diferente. Todo olía a mujer.

No me gustan los miércoles, es mitad de semana y ya me encuentro cansado y todavía quedan un par de días para el fin de semana.

Termino de vestirme y cierro la puerta de la habitación

sin dejar de oler lo que dejo adentro. Como deseando que nada se escape de allí.

Salgo a la calle, respiro, empieza a aclarar el día y la brisa me sorprende con olores desconocidos. Veo que en la esquina hay un perro sin dueño que busca un lugar donde orinar, se deja guiar por su nariz, confía en ella. Marca su territorio. Él también deja su mancha.

Huelo el día con los ojos cerrados. Todo está igual pero no lo está. Llego hasta mi carro, lo enciendo, bajo las ventanillas. El pecho se me expande de aire nuevo. Busco la palanca de cambios y acelero.

Es un día nuevo. Eso huele bien. El perro me observa desde la esquina, mientras husmea el alrededor.

El orden natural de las cosas

Sincronización, eso es lo que los ojos de Nora ven en general. La máquina no afloja el ritmo de los paquetes, la cinta no para de traer las bolsitas de chocolate y, la persona al final de la línea de empacado, mete sin cesar y sin descanso todos los envoltorios en una caja. Las cajas se acumulan en otra cinta y otra máquina se ocupará de estibarlas. El cuerpo humano parece adaptado a esa tarea, como si no tuviera deseos personales o voluntad propia. En eso piensa Nora a pesar de saber que no es cierto. Por que ella tiene voluntad propia; mientras trabaja, piensa, observa, analiza.

Nora arma las cajas donde van a ir a parar las bolsitas de chocolate. Las deja justo para que otra operadora, la que recibe las bolsitas, las ponga en la línea de envasado y para que el proceso continúe sin demoras y sin complicaciones.

La operadora que toma las bolsitas repite los movimientos de manera mecánica. Toma una de las cajas recién armadas, la coloca entre su cuerpo y la cinta que trae el producto y, con ambas manos, cuenta treinta y dos bolsitas, dieciséis en cada mano. Las coloca dentro, cierra la caja y deja que la automatización haga el resto; agregue precintos, ponga fecha de vencimiento y estibe.

Nora ve en Candy, la operadora que empaca, un ejemplo de sincronización; su cuerpo no se inmuta ni por la velocidad de las máquinas, ni por la temperatura ambiente, ni por la presión de hacer las cosas bien. Pero lo que Nora ve es la otra sincronización. La de los ojos de Candy.

No es tan difícil darse cuenta. Los ojos de Candy son tan grandes y tan negros que el contraste con el blanco es más que evidente y, además, muy expresivo.

Sin abandonar el ritmo que la producción le impone, Candy se las rebusca para ver cuando pasa el supervisor. Lo que no le parece accidental a Nora, es que el supervisor también mire a Candy y que, por algunos segundos, los dos queden sincronizados tan sólo por la mirada. Nora se imagina que, de alguna manera, también por los pensamientos.

Nora reflexiona sobre esa doble sincronización de Candy, y queda pasmada por aquella inusual habilidad. La de hacer cosas independientes al mismo tiempo.

Durante el almuerzo las dos están en silencio, comen juntas; calientan tortillas, preparan tacos y mastican sin ritmo, alejadas en cuerpo y espíritu de aquel comedor de fábrica. Nora, sin embargo, piensa en Candy. Ya no en la sincronización del cuerpo, la mente y los ojos, pero en función de todo ello.

Nora está sentada de costado, como si cabalgara el banco; mira los ventanales que dan a los jardines, pero nada de allí le llama la atención; ni las rosas, ni los jazmines, ni el verde artificial de aquel jardín.

Sabe que Candy es buena persona, una amiga en la que puede confiar y que nunca le ha fallado. Pero no puede dejar de sentir ciertos celos, una sana envidia, diría Nora.

Candy es atractiva, pero su encanto no pasa por los pechos grandes que todo el mundo le mira, incluso el supervisor, que la mira a los ojos, y después, instintivamente, le mira el busto, ni en los ojos inmensos, negros y llamativos. Candy es simpática, sin ser hermosa, pero con una suma de cosas que derrite a los hombres, la sonrisa, la mirada, la manera de hablar, las respuestas lentas, siempre con palabras pensadas y correctas.

Es lógico que los hombres se sientan atraídos y le revoloteen alrededor recogiendo migajas a su paso.

Muchas veces Nora piensa en preguntarle cómo hace para atraer a los hombres, pero, en secreto, sabe la respuesta de antemano. No es algo que pueda explicarse o transmitirse. A veces quiere imitarla, darle un poco de gracia a su vida y a su cuerpo, pero no lo consigue, o lo consigue sólo a medias, y manifiesta su frustración con silencio y resignación.

No se siente mal cuando van juntas por ahí y a la única que ven o le dicen algo es a Candy. Porque sabe que ella no lo provoca, sino que es tan espontáneo que le parece gracioso y hasta un poco ridículo.

Nora sabe que todo aquello es un juego, pero, a veces, las cosas pasan la línea de lo platónico para convertirse en una amenaza a la estabilidad de las cosas. A ella no le molesta que Candy reciba halagos todo el tiempo, porque casi siempre, se burlan juntas de las tonterías que dicen los hombres. Pero podría ser que alguna vez, alguna de esas tonterías llegue a no serlo, y Candy podría creer lo que no debiera. Después de todo, Candy está casada con el hermano de Nora.

Los tres viven en un apartamento del barrio hispano de Chicago. Nora recuerda el día que Candy llegó por primera vez. La discusión con su hermano fue interminable. Que deberías consultarme. Que no te consulto nada. Que yo también vivo aquí. Que puedes irte cuando quieras.

Nora sabía que tenía razón, su hermano estaba rompiendo el equilibrio natural de sus vidas, quizá para siempre. Las cosas empeoraron cuando se habló de pagar las cuentas de a tres, porque aquello no era un asunto de dinero, sino de sus vidas. Pero cuando su hermano confesó que Candy podía ayudarle a cambiar, como ninguna mujer podía hacerlo, Nora cambió su postura, los lazos entre ellos siempre habían sido muy fuertes, y a regañadientes, con algunos reproches reprimidos en su garganta, aceptó.

No se habló del tema nunca más y, después de algún tiempo, la eventual intrusa se convirtió en cómplice de Nora.

Su hermano no era precisamente un hombre que se destacaba por ser atento o delicado en el trato. Muchas veces, los problemas que surgían en el apartamento, eran por la forma en que él trataba a Candy, a veces a los gritos, a veces con indiferencia, a veces con un enfermizo sentido de propiedad.

Nora no concebía de otra manera esas marcas en el cuello, que como aquellas que se le hace al ganado para saber a quién pertenece. Está bien que la manera de hacerlas, en la cama, con pasión y con cierto descontrol, era entendible, pero la forma de revisar la cantidad, la oscuridad, la visibilidad de esas marcas tenía la única finalidad de enviar un mensaje: esta mujer tiene dueño, que la atiende muy bien y muy seguido y no necesita que nadie se le acerque.

Los comentarios que le hacían a Candy en el trabajo eran siempre dispares; estaban los graciosos, que relacionaban las marcas con vampiros; los irónicos, que hacían referencia al dolor, pero los que más llamaban la atención eran los del supervisor, que con cara de preocupación, preguntaba si todo estaba bien, azorado por la intensidad y por la violencia visual que aquello representaba. Nora escuchaba todos los comentarios, y los únicos que le preocupaban eran los del supervisor, porque eran visiblemente sinceros.

Durante la fiesta de fin de año todos estaban muy alegres. Una de las pocas veces en que la empresa convenía en agasajar a sus empleados. El año había sido muy bueno, tanto para la compañía como para los empleados, que obtuvieron un bono adicional. En la fiesta los ánimos estaban por las nubes, la gente bailaba y cantaba a la par de los músicos contratados para la ocasión, y celebraban las ocurrencias y bromas del borracho de turno. Nora y Candy habían tomado un par de copas y estaban a tono con la alegría general. A Candy se le había antojado fumar, cosa que no hacía muy a menudo porque el hermano de Nora se lo había prohibido. Nora le consiguió un cigarrillo junto con los cerillos para encenderlo, pero le recomendó que fumara afuera, en el patio trasero del salón, para que la ropa y el cabello no se le impregnaran del olor.

Nora siguió a Candy con la mirada hasta que se perdió tras el umbral. Iba a mirar hacia otro lado, pero al mover la cabeza, encontró que el supervisor también se dirigía a la misma puerta. Nora no supo qué hacer, si salir a fumar también, aunque no era su costumbre, o dejar que las cosas siguieran su rumbo natural.

Pensaba en eso cuando alguien súbitamente le tocó el hombro.

S u hermano había venido por ellas casi una hora antes de lo convenido. La pregunta le retumbó en la cabeza varias veces. ¿Dónde está Candy? Creo que está en el baño, contestó sin esforzarse.

Los segundos le parecieron una eternidad

¿Estuvieron bebiendo? Preguntó su hermano algo contrariado. Nora quiso decir que tan sólo para el brindis pero las palabras se le atoraban en la garganta. La expresión de su hermano le preocupaba, ella sabía cuando él empezaba a enojarse. Ve por ella, ordenó él. Pero no hizo falta. Una risa generosa llegó desde la puerta por donde Candy se había ido. Ella y el supervisor apagaban las colillas de sus cigarrillos, ambos portaban sonrisas, y casi inocentemente, la mano del supervisor se apoyaba en la espalda de Candy.

Las facciones de Candy cambiaron al ver a su esposo allí, caminó con paso seguro hasta donde se encontraban y quiso saber si todo estaba bien, sorprendida por lo temprano que él había pasado a buscarlas.

Las espero en el auto, dijo secamente el hermano de Nora y se retiró sin decir nada más.

Nora fue a buscar los abrigos mientras Candy se quedaba en silencio viendo la espalda de su marido irse tras el tumulto de personas. Nora imaginaba la mandíbula de su hermano masticando la saliva de la bronca.

El viaje de vuelta fue en silencio, cada uno ocupó su posición habitual, el hermano conduciendo, Nora sentada atrás y Candy en el asiento del acompañante. El hermano de Nora estaba hermético, conducía de manera rápida y hasta un poco tosca, parecía querer devorarse el camino. Esa paz tensa se terminó al llegar al apartamento. Para no verse involucrada, Nora se retiró a su habitación, pero las paredes dejaban oír gritos, insultos y un llanto difuso.

Casi a los diez minutos de discusión, dos sonidos bruscos señalaron el fin de la pelea. Ambos sonidos parecieron iguales pero distintos. Fueron dos puertas que se cerraron, una de la habitación de la pareja y, la otra, la del patio trasero.

Nora tuvo claro quién había cerrado cada puerta, siempre, cada vez que discutían el final era el mismo, él se encerraba en la habitación y Candy se escapaba al sótano del edificio, donde estaba la lavandería.

En la oscuridad de su propia habitación, Nora estaba sentada en la cama, como pendiente del retorno de Candy que no se producía. Eso la inquietaba.

Buscó en sus cosas un paquete que alojó en uno de sus bolsillos; sigilosamente, bajó las escaleras hasta el sótano, encendió la luz y buscó con la mirada dónde estaba Candy. No la vio, pero la supo escondida entre la última de las lavadoras y la pared, en ese rincón sucio y normalmente lleno de telarañas.

La vio acurrucada, con expresión perdida, como si pensara en algo que no podía llegar a imaginarse. Vio en su mejilla la marca roja de una mano que, seguramente, no le dolía en la piel, sino en algún lugar sin forma y sin espacio. Se agachó hasta estar a la misma altura de los ojos de Candy, que no se movieron ante su presencia. Sin decir nada, sacó de su bolsillo el paquete que traía y lo puso entre en las manos de Candy.

En ese momento Candy se movió por primera vez y se extrañó de lo que estaba haciendo su cuñada. Revisó el paquete y, sin cambiar de expresión en la cara, vio que el paquete era una suma de billetes. Dos mil dólares.

Los ojos de ambas se cruzaron durante algún tiempo, parecía un pacto de silencio, un pacto sin palabras ni comentarios.

Nora se paró y con la misma lentitud que había llegado, se fue. Al llegar al portal de la lavandería, apagó la luz como si quisiera ocultar lo que había hecho. Subió lentamente las escaleras asiéndose con las dos manos de la baranda, como si sintiera su cuerpo más pesado o más frágil. Caminó certeramente entre las sombras del apartamento, llegó a su habitación y cerró la puerta muy despacio, sin hacer ruidos y sin llamar la atención de su hermano. En la oscuridad de su aposento se desvistió ceremoniosamente, dibujando su cuerpo en el piso con las ropas que caían en orden. Se metió en la cama desnuda y abrazó la almohada. Cerró los ojos para vislumbrar la mañana. En ella se imaginó que despertaría con los sonidos bruscos de cosas rompiéndose contra el piso, contra las paredes, contra los muebles. Varios insultos llegarían a su oído. Maldiciones perdidas en tiempo y distancia, pero con nombre propio.

Ella se vestiría despacio, esperaría a que la furia de haber encontrado una nota de abandono se aplacara con el paso del llanto. Escucharía a su hermano desahogarse en la cama, golpeando la almohada, arrugando las sábanas con sus contorsiones. Ella dejaría su habitación. Caminaría por aquel muestrario de escombros. Levantaría del piso ese retrato de ellos donde se ven sonrientes y felices, y a pesar de los vidrios rotos, lo pondría de nuevo en su lugar. Entraría a la habitación donde su hermano le pediría que se vaya, y ella no contestaría. Iría a la ventana a contemplar la mañana y luego cerraría las cortinas como si quisiera encender las penumbras. Se arrodillaría frente a su hermano y le acariciaría suavemente los cabellos. Alzaría las sábanas y su hermano le haría un espacio en ellas. Como hacían entonces.

Todo volvería al orden natural de las cosas, ese orden que no debió alterarse.

Como siempre debió haber sido.

Biografía

Fernando Olszanski nació en Buenos Aires, Argentina. Ha vivido alternativamente en Escocia, Ecuador, Japón y en los Estados Unidos. Tiene una Maestría en Educación de la Dominican University, y una Maestría en Literatura Latinoamericana de la Northeastern Illinois University. Entre sus libros se encuentra la novela *Rezos de marihuana,* el poemario *Parte del polvo,* la colección de cuentos *Vocesueltas: Cuatro cuentistas de Chicago.* Su libro de cuentos *El orden natural de las cosas,* fue galardonado con en el International Latino Book Award 2011 a la mejor ficción popular. Junto a José Castro Urioste, ha preparado la antología *América Nuestra, una antología de la narrativa española en los Estados Unidos,* y *Trasfondos, una antología de las narrativas españolas del Medio Oeste.* Ambas antologías se utilizan como libros de texto en varias universidades de los Estados Unidos. Olszanski escribe un blog llamado "El nuevo ser latino", que describe como un blog de conciencia latina.

Ha sido director editorial de las revistas Contratiempo y Consenso, una revista de estudiantes graduados de la Universidad Northeastern Illinois.

Como artista visual, ha estado involucrado en la fotografía con exposiciones parciales en los Estados Unidos, Argentina y Japón, y como cineasta en varios festivales de cine de Estados Unidos presentando cortometrajes.

Es un participante activo en el movimiento cultural hispano en Estados Unidos, y es un orador frecuente en conferencias, eventos literarios, foros de discusión y reuniones, donde expone temas latinos, literatura e inmigración como un fenómeno nacional y mundial. Ha definido la literatura en español en los Estados Unidos, como la "Literatura del Desarraigo", una nueva expresión literaria latinoamericana.

Entre sus numerosos premios literarios se encuentran el International Latino Award 2015 a la Mejor Antología otorgado a *Trasfondos,* el International Latino Book Award 2011 por *El orden natural de las cosas,* el primer premio del John Barry Award, Short Fiction en español, Chicago, EE. UU., 2006. Primer Premio de Relato Corto, de la Sociedad de Escritores de La Matanza, Argentina, 2002. Primer Premio de Cuento, Instituto de Cultura Peruana, Miami, EE. UU., 2003. Primer Premio de Cuento, Municipio de Lanús, Argentina, 2001. Finalista, "Lope García De Salazar', Ayto. de Muzkiz, España, 2006. Finalista, Concurso Literario NH Hotels, España, 2003. Finalista, Concurso de cuentos en la Revista Expresiones, Venezuela, 2002. Segundo Premio del Concurso Nacional de Ensayo, Fundación Ciochi , Argentina, 2002.

Su último libro de cuentos se titula *Rojo sobre blanco y otros relatos,* y está publicado por Ars Communist Editorial. Reside en Chicago, Estados Unidos.

OTRAS PUBLICACIONES DE
ARS COMMUNIS EDITORIAL

El Monstruo Mundo
AZUCENA HERNÁNDEZ

Pertenenecia
Narradores sudamericanos en Estados Unidos

Play
LUIS ALEJANDRO ORDÓÑEZ

La fatalidad de la gallina
MARTHA CECILIA RIVERA

TRASFONDOS
Antología de narrativa en español
del medio oeste norteamericano

Rojo sobre blanco y otros relatos
FERNANDO OLSZANSKI

WWW.ARSCOMMUN.COM